Die nächtliche Offenbarung
auf der Holtenburg Anno 1219

Wolfgang H.O. Fabian

Die nächtliche Offenbarung auf der Holtenburg Anno 1219

Eine grausame,
fürchterliche Liebesgeschichte
aus dem Mittelalter

CIP-Kurztitelaufnahme Deutsche Bibliothek
Fabian, Wolfgang H.O.: Die nächtliche Offenbarung auf der …
Norderstedt: Verlag Books on Demand GmbH
ISBN 9783819297250

© 2025 Wolfgang H.O. Fabian
Covergestaltung: Autor
Verlag:
BoD · Books on Demand GmbH,
Überseering 33, 22297 Hamburg,
bod@bod.de
Druck:
Libri Plureos GmbH,
Friedensallee 273, 22763 Hamburg
Printed in Germany
ISBN: 978-3-8192-9725-0

Wir bedanken uns bei

Winfried Heppner,
Studiendirektor und ehem. Leiter des Gymnasiums
in Wertingen/Bayern.
Er übersetzte **Mark Twains** beabsichtigte,
aber nach vier Seiten abgebrochene Erzählung mit dem Titel
*Eine grausame, fürchterliche Liebesgeschichte aus dem
Mittelalter*
ins Deutsche. Er gestattete uns, sie entsprechend
der Vorgaben Mark Twains anzupassen und zu vollenden.

Des Weiteren gilt unser Dank
Antje Leser,
eine bekannte Kinder- und Jugendbuchautorin,
die den wahren Lebensweg Mark Twains aufzeichnete
und uns freundlicherweise zur Verfügung stellte.
(Anhang I).

Die ebenfalls von Winfried Heppner ins Deutsche
übersetzte autobiografische Burleske Mark Twains
übernahmen wir unverändert.
(Burleske, Anhang II).

*

Foto: Mathew Brady, New York 1871

Samuel Langhorne Clemens
war mit seinem Pseudonym Mark Twain bereits
im Alter von 35 Jahren ein Begriff in der Leserwelt

Der märkische Adler

Vorwort

Mark Twain interessierte sich im Laufe seines längeren Aufenthaltes in Deutschland auch für die Mark Brandenburg im Mittelalter, die Zeit, als die sogenannte *Neue Welt* für das Abendland noch im Dunkeln lag. Zurück in die USA hatte er eine Menge Aufzeichnungen zu literarischen Werken verarbeitet. Denn es ist von vornherein seine Absicht gewesen, seine Erfahrungen und einen beträchtlichen Teil von Begebenheiten beispielsweise in die Form von Romanen zu setzen. Im Verlaufe seines längeren Aufenthaltes in Deutschland interessierte er sich auch für das mittelalterliche Brandenburg, die Zeit, als die sogenannte *Neue Welt* für das Abendland noch weit im Dunkeln lag. Er hatte von Begebenheiten gehört, die sich im Jahre 1219 im Bereich des Markgrafen von Brandenburg ereignet haben sollen. Doch was er zu Papier zu bringen wollte, hatte sich dieses Mal nach den ersten vier Seiten plötzlich erledigt. Seinem Verleger erklärte er (spitzbübisch), sich in eine nicht mehr zu bewältigende Situation verstrickt zu haben. Den Titel hatte er allerdings bereits vor dem Schreibbeginn gefunden. Wir behielten ihn als eine Art Untertitel bei:

Eine grausame, fürchterliche Liebesgeschichte
aus dem Mittelalter.

Die erwähnten vier Anfangsseiten Mark Twains bekamen wir überraschend vorgelegt, setzten das Thema in die Romanform und brachten es nach unserer Vorstellung zu Ende.

I

Wir sind uns sicher, dass Mark Twain sein Vorhaben in eine Burleske kleiden wollte. In Sachen Burlesken konnte es ihm niemand gleichtun. Überhaupt war ihm, der lustlos nur wenige Schuljahre hinter sich gebracht hatte, literarisches Verfassen jeglicher Art mit in die Wiege gelegt worden.

Besondere Hinweise: Für die nachfolgende Geschichte änderten wir die Namen der von Mark Twain eingesetzten Protagonisten, jedoch nicht deren Charakter, beabsichtigte und ausgeführte Handlungen. Die Namen sowie Lage der Städte Brandenburg, Tangermünde und Stendal behielten wir bei.

Zur Mark Brandenburg: Mit ihrer Residenz war sie im 13. Jahrhundert die bedeutendste und stabilste Provinz im noch jungen *Römischen Reich Deutscher Nation*. Um dem literarischen Vorhaben Mark Twains gerecht zu bleiben, behielten wir seine Vorstellung von der Lage der Burg bei. In Wirklichkeit war sie bereits rund achtzig Jahre zuvor geschliffen und an deren Stelle der noch heute stehende Dom errichtet worden. Nach dessen Einweihung umstellten im weiten Rund wie zuvor Bürgerhäuser, Handwerks- und Fischerkaten, aber auch bäuerliche Anwesen das Gotteshaus.

Die durch die Stadt sich ziehenden Abzweigungen der Havel bildeten ein zusätzlich natürliches Hindernis für auf Plünderung ausgehende Trupps oder gar eroberungssüchtige Scharen aus dem Osten.

Bad Segeberg, 2025   W.H.O. Fabian

II

Einführungskapitel

Der Dichter Wilhelm Raabe sagte einmal: „Der Mensch liest oder erzählt selber Geschichten, die gewöhnlich gut anfangen und böse enden, und solche, die schlimm beginnen, aber zu einem wünschenswerten Ende kommen. Darüber kann manches gesagt werden; denn so recht begriffen und ausgerechnet hat eigentlich noch keiner, wo bei Geschichten der Anfang und wo das Ende ist, wo das Wünschenswerte beginnt und das Gegenteil davon aufhört – oder umgekehrt. Ich hüte mich aber, mich hierüber weiter auszulassen. Ich will mich einfach nur an des Menschen uralt hergebrachte Anordnung seiner Erlebnisse und Schicksale halten."

Zu der obigen unveränderten Aussage ist unsererseits nichts hinzuzufügen. Sie kommt uns stets in den Sinn, wenn wir eine neue Geschichte angehen.

Das von Mark Twain begonnene, aber schnell beiseite gelegte Thema regte uns an, es hoffentlich in seinem Sinne weiterverarbeitet und nach unserer Vorstellung zu Ende gebracht zu haben.

Die ehemalige *Nordmark*. Sie hatte sich ab etwa Mitte des 12. Jahrhunderts fast gewaltlos vergrößert und seine Grenzen erheblich gesichert. Denn bis dahin waren die Nordmärker gefordert, immer wieder marodierende Horden aus dem Osten abzuwehren, sodass endlich eine Wende herbeigeführt werden musste. Dem in jener Zeit regierenden Herrscher des Landes nahe der Ostsee gelang es, den Eindringlingen endlich wirkungsvoll entgegenzutreten, sie zu vernichten oder zu vertreiben. Das führte schließlich zu einer ständig geringer werdenden Gefahr für die Menschen in der Nordmark, aber nicht dazu, die Abwehrbereitschaft ebenfalls nach und nach vernachlässigen zu können. Das Gegenteil war gefordert. Unter ihrem Landesherrn schufen sich die Märkischen mit Willen, Fleiß und starker Landesverteidigung ein gesichertes Dasein in einer erweiterten Provinz, die sich politisch von allen anderen im Reich bald deutlich abhob. Hinzu kam, dass der Landesname *Nordmark* gestrichen und von dem deutlich prägenderen Namen *Mark Brandenburg* ersetzt wurde.

Das alles hatten die jeweiligen Markgrafen mit Hilfe und zum Wohle ihrer Untertanen erreicht. Festgelegte, streng einzuhaltende Verpflichtungen waren von jedermann einzuhalten, sodass Recht, Ordnung, aber auch Freiheiten gewährleistet waren. Kein deutsches eigenständiges Land konnte in jenem Zeitraum eine gleichermaßen positive Entwicklung aufweisen. Dennoch: Die Mark war und blieb ein Teil des noch jungen *Römischen Reichs Deutscher Nation* mit unabweislichen, aber von den einzelnen, verschieden regierten Provinzen kaum zu verstehenden Pflichten. Jedes deutsche Land, in der Mehrzahl kleinstaatliche Gebilde, hatte sich eigene Gesetze geschaffen wie auch eine eigene Verteidigung, und so weiter und so fort.

Der neue Landesname Mark Brandenburg sollte unzweifelhaft ein Hinweis auf eine starke, geschlossene Gemeinschaft sein. Und das wurde sie auch. Dagegen erwies sich die deutsche Nation insgesamt betrachtet und beurteilt als das Gegenteil von Einheit und Stärke. Denn das aus einer Vielzahl von eigenständigen Staatsgebilden zusammengewürfelte Reich war nicht als gemeinschaftlich zu bezeichnen. Jede deutsche Provinz war unabhängig und wurde vom jeweils regierenden Landadel regiert. Jede Provinz setzte für ihren Bereich eigene Gesetze und Verteidigungsstrategien ein, sodass beispielsweise Grenzstreitigkeiten gelegentlich auch gewalttätig endeten. Hingegen waren Herrschaft und Untertanen der Mark Brandenburg stets bereit, streitbare Nachbarn oder marodierende Horden aus den entfernten Ostgebieten auf Abstand zu halten.

Das märkische Volk hatte sich nach den Grundlagen annehmbarer Freiheiten nach Recht und festgeschriebenen Gesetzen zu halten, was jedermann im Land zufrieden in sich aufgenommen hatte. Denn die Einwohner im Land lebten in Freiheit, vom Regenten gewährleistet bei Erfüllung volks-, aber auch staatstragender Auflagen. Zudem ist landesherrlich festgelegt worden, dass Angehörigen des Adels in rechtlicher Hinsicht nur Privilegien eingeräumt wurden, die gemäß ihres Standes und ihrer Verantwortung gegenüber des Volkes unumgänglich waren. Kurz gesagt: Die Mark Brandenburg ist nicht das Paradies auf Erden geworden, aber in jeder Hinsicht lebensbejahend nicht nur für den herrschenden Adel.

Ein paar Worte zu unserer Geschichte ab Seite 19 vorweg.

Sie ist angesiedelt in den höchsten Adelskreisen der Mark. Einer unserer Hauptpersonen ist Mitglied der brandenburgischen Herrscherfamilie, dessen Gedanken von einem negativ narzisstisch gelenkten Verhalten gesteuert werden. Die Rede ist von Prinz Adalbert, dem einige Jahre jüngeren Bruder des Markgrafen und späteren Kurfürsten Ulrich und Herrscher der Mark. Adalbert, dies sei vorweg gesagt, hatte als junger Mann ein übles Ei ausgebrütet, ein anscheinend ausgeklügeltes Vorhaben, dessen Verwirklichung am Ende ungewöhnlicher nicht hätte sein können. Doch was war die Ursache? Erwachsen geworden beherrschte, wie oben bereits angekündigt, ein negativer Narzissmus des Prinzen Verhalten. Er konnte, besser, wollte nicht nachvollziehen, dass ihm keine seinem Stande entsprechende Position am Hofe seines Bruders angeboten worden war. Und er hielt es bereits als blutjunger Prinz von Brandenburg nicht für erforderlich, ja, er verschwendete nicht einen Gedanken daran, wenn reifer geworden, sich für ein seinem Stande entsprechendes hohes Regierungsamt anzubieten. Seine Einstellung war, der das Land regierende Bruder und Markgraf Ulrich müsse in jeder ihn betreffenden Angelegenheit auf ihn zukommen. Doch dieser hatte sich bereits vor seiner Thronbesteigung in der Gewissheit zurückgehalten, Adalbert im fortschrittlichsten und freiesten Land in der deutschen Nation keine höchst verantwortungsvolle Position übertragen zu können, weder im Bereich der Landesverteidigung noch als sein Stellvertreter mit allen Pflichten und Rechten. Letztlich führte der Frust des jungen Adalberts dazu, dass er ohne eine verständliche Begründung die Burg verließ, in das Reich der Rus* reiste und sich dem dortigen Herrscher, dem Großfürsten des Landes, zur Verfügung stellte. Es galt für ihn Wert darauf zu legen, dort nur Tätigkeiten zu übernehmen, die ihm als Person von hohem Adel zuzumuten waren. Es gehörte sicherlich dazu, dass ihm bald vom Großfürsten der Titel *Baron* verliehen wurde. Diese Bezeichnung des russischen Landadels, in der damaligen deutschen Nation noch so gut wie unbekannt, wusste Adalbert zwar wesentlich minder einzustufen als den Titel Prinz, hielt ihn aber für vornehmer. Also schließen wir uns ihm an und belassen es in unserer Erzählung bei der Titulierung Baron.

*ehemaliger Name Russlands

Der mittlerweile etwas über zwanzigjährige Prinz und Baron Adalbert war nach achtzehn Monaten im Dienste des Herrschers der Rus an den Hof seines Bruders zurückgekehrt. Doch auch von da an wartete er vergebens darauf, eine seinem hohen Stande gemäße Position und Aufgabe übertragen zu bekommen. Stattdessen – eher ausweichend – übertrug ihm Ulrich die dreißig Meilen von der Residenz Brandenburg entfernte, linksseitig der Elbe liegende *Holtenburg*. Diese Anlage war nicht nur aufgrund ihrer Lage von Feinden schwer einnehmbar, sie war stärker befestigt als die meisten Burgen in der Provinz. Die Feste lag nur geringfügig höher als die sie weiträumig und gleichförmig rund umgebende Bewaldung, die ein Durchqueren durch hochwachsende Buchen, ausholende, starkästige Eichen und vor allem zumeist dorniges Unterholz nur möglich machte, wenn ein erheblicher Zeitaufwand für eine freizumachende Durchquerung in Kauf genommen werden konnte. Die Burganlage war einst als Vorposten gegen feindliche Heere errichtet worden. Zu der Anlage hinauf führte ein Weg, breit genug, um einen von einem Pferd oder Ochsen gezogenen Karren aufzunehmen. Seit nicht langer Zeit war diese Burg, wenngleich nicht freiwillig von Prinz Adalbert, der sie als seine Residenz zu betrachten hatte, besetzt worden. Die Versorgung des Burgherren und seiner Bediensteten gewährleistete ein naher Gutsbetrieb mit Boden- und Viehwirtschaft.

Adalbert hatte den weiträumigen Besitz mit allen Mägden, Knechten, Handwerkern und zwei Verwaltern, dazu zwölf noch an Jahren jungen Kriegern, ohne Widerspruch übernommen, genauer gesagt, übernehmen müssen. Durch die Abgeschiedenheit vom Mittelpunkt der Macht in seiner Würde sich weit zurückgesetzt gefühlt, berührte ihn die Wirklichkeit umso heftiger. So verbrachte er seine Tage in all den folgenden Jahren einsilbig und in sich gekehrt, und es war ihm anzusehen, dass er sich innerlich mit Dingen beschäftigte, um die nur seine Gemahlin Hiltrud wusste. Ihre kurz gehaltenen Gedanken über ihre eigene Situation traten ihr seit ihrer Vermählung mit Adalbert nur noch sehr selten ins Bewusstsein. Und ihr Gemahl? Der hatte nach und nach die bisher von sich aus nicht offen angemeldete Forderung, die Mark mitregieren zu wollen, aufgegeben. Die Thronfolge war nach einer sich in ihm fest verankerten Planung dennoch nicht erledigt. Ja, seine Gedanken beschäftigten sich fast täglich mit der Sache, und das, vorweg gesagt, bis ans Ende seiner Tage. Seinem älteren Bruder auf dessen dreißig Meilen entfernt liegender Residenz gelegentlich einen Besuch abzustatten, daran dachte er seit Langem nicht mehr. Doch das traf auf den Markgrafen Ulrich gleichermaßen zu.

Andrerseits gesehen hätte eine Thronnachfolge Adalbert nicht verwehrt werden können, wenn die Markgräfin weder einen Sohn noch eine Tochter zur Welt brächte. Werde er, Adalbert, hingegen mit einem Sohn gesegnet, stehe seine Zukunft in einem ganz anderen Licht. Doch darauf zu warten, auf welche Art und Weise das Schicksal die markgräfliche Entwicklung bestimmen werde, war für ihn kein Thema. Was eine Aufgabe bei Hofe für ihn bis dahin betraf, so vertrat er nach wie vor den Standpunkt, sich als Prinz nicht anbieten zu müssen. Hingegen sei entsprechend seines Standes sein Bruder als Landesherr gefordert, ihm eine herausragende Position zu übertragen. Doch wie eine spätere tatsächliche Thronbesetzung vorzunehmen war, war nicht vorauszusagen. Für Adalbert bedeutete es, seiner und somit des Landes Zukunft abwartend entgegenzusehen. Es werde sich im

Laufe der Zeit herausstellen, sagte er sich, ob er neu und präziser planen müsse. Wahrscheinlich war das kaum noch möglich, da er überzeugt war, zumindest zum gegenwärtigen Zeitpunkt nicht effektiver vorausplanen zu können. Augenblicklich jedenfalls war für ihn sein Vorhaben unumstößlich, und kein Gedanke kam in ihm auf, es könnte misslingen und seinen Kopf kosten. Seine negativ narzisstische Veranlagung bestimmte sein Planen und Handeln.

Wappentafel der Mark Brandenburg
(Anfang 13. Jahrhundert)

1. Kapitel

Nordöstlich und unweit der unmittelbar linksseitig der Elbe gelegenen Stadt Stendal lag auf einem von allen Seiten leicht ansteigenden Gelände die Holtenburg. Ein von undurchdringlichem Unterholz und verkrüppelten Eichen durchsetzter Buchenwald umfasste gleichmäßig rund und eine halbe Meile tief die Burg. Vom Südwestrand des Waldes aus weitete sich eine Gutsanlage aus, beginnend vor der Waldseite halbkreisförmig und unverdeckt voneinander mit dem Wohnhaus des Gutsvogtes, den Katen der Bediensteten, den Scheunen, Werkstätten und Viehställen. Die davor sich ausbreitenden Acker- und Weideflächen reichten bis an das Westufer des Elbstromes und im Norden etwa eine halbe Meile hinauf bis an den Beginn eines weitflächigen Mischwaldes mit Buchen- und Eichenbestand, herausgewachsen aus dichtem Unterholz.

Jenseits der Elbe sorgte stromauf- wie auch stromabwärts ein zweihundert Meter breiter und bis an den rückwärtigen Waldrand grenzender Streifen Landes, der für eine öfter im Jahr einzubringende Heuernte sorgte. Ursprünglich war dieses Stück Wiese bis an das Elbufer ebenfalls von Wald bedeckt. Da seitens der Burg- und Gutsanlage vom diesseitigen Elbufer aus freie Sicht über den gegenüberliegenden Uferstreifen hinaus vonnöten war, hatten die Gutsleute den Uferbereich gerodet, wodurch auch eine zusätzliche Gras- und Heuernte geschaffen worden war.

Die Verbindung zwischen den Elbufern stellte ein starkes Floß aus dreifach über- und miteinander verbundenen Kiefernstämmen her, gewartet von den Männern zweier Familien in Diensten des Burgherrn. Sie waren für Wartung und Einsatzbereitschaft der Verbindung von Ufer zu Ufer verantwortlich wie auch für das Verhindern nachwachsendem Buschwerks auf dem dem Strom gegenüberliegenden, gerodeten Streifen Landes. Und nicht zuletzt war ihnen die Aufgabe zugeteilt worden, das jenseitige Gebiet nicht aus den Augen zu verlieren. Die Wohngebäude dieser Bediensteten waren nur einen halben Steinwurf vom Liegeplatz des Floßes entfernt errichtet worden. Das Haus des Verwalters, die Wohn- und Wirtschaftsgebäude, Viehställe und Werkstätten wie überhaupt alles Acker- und Weideland lagen sämtlich dicht beieinander und höher als die unmittelbaren Seitenflächen der Elbe. Diese Hauptliegenschaft blieb vom Frühjahrshochwasser verschont.

Die Baumstämme der Fähre stammten vom sandigen, mit himmelwärts strebenden Kiefern bestandenem Grund des unteren Waldrandes. Diesen Streifen löste nach etwa dreißig Metern Tiefe ein die Burganlage umschließender, leicht ansteigender Buchenwald ab, dessen Grund von undurchdringlichem, teils dornigem Unterholz überwuchert wurde. Dieses die Burganlage umschließende Gehölz wandte seine eigenen Bewuchsbedingungen an. Denn die Buchenwälder, abgelegen von Burg und Gut, wiesen nur geringfügig Unterbewuchs auf. Hier wurden die Buchen unterbrochen von uralten Eichen, deren Früchte die Schweinemast bereicherten.

Die etwa dreißig Meilen östlich von der Holtenburg gelegene Stadt Brandenburg, von deren gleichnamigen Herrschersitz Markgraf Ulrich sein Reich regierte, wies die Besonderheit auf, dass sie durch die Gewässer der Havel zweigeteilt war.

Und auch beide Stadtgebiete durchzogen verzweigte, aber nicht behindernde Flussarme. Dennoch war es den Hauptverläufen der Havel , dass in der Folge der Jahre zwei Ortsteile entstanden waren, verbunden mit einer stabilen hölzernen Brücke. Aufgrund der Lage der beiden Stadtgebiete hatten die Bürger nur selten gegen Hochwasser anzukämpfen.

Ist die Zweiteilung eine Besonderheit für eine Ansiedlung aufgrund eines verzweigten Flusses? Nein. Hier jedoch unterhielt jeder Stadtteil sein eigenes Verwaltungs- und Gerichtssystem, wenngleich nicht besonders unterschiedlich. Für Markgraf Ulrich, dem Herrscher des Landes, war seine Residenzstadt eine natürliche und politische Einheit, gleichgültig ihrer in Christi getauften Bürger sowie den immer noch vorhandenen Anhängern germanischer Gottheiten. Man kann auch von Doppelgläubigen sprechen. Denn trotz der bereits vor einigen Jahrhunderten vollbrachten Christianisierung hielt sich in einem der beiden Stadtteile unter den Bürgern – nein, nicht gerade auffällig – der Glaube an altgermanische Gottheiten und deren angebliches Wirken. Markgraf Ulrichs Standpunkt und Meinung war bekannt. Ihm war ein sichtbarer, von Vernunft geprägter Lebenswandel seiner Untertanen und die Treue zu ihm wichtiger als die Götter und Göttinnen der Vergangenheit. Wie auch immer: Die unsichtbaren Götterwesen steuerten in den urgermanischen Lebensräumen anscheinend noch nach Jahrhunderten christlicher Prägung das Schicksal Einzelner. Nach deren heimlicher Meinung ließen sie Kriegen, Naturgewalten, Not, Elend und alles, was bei den Menschen oft unerträgliche Ängste auslöste, freien Lauf.

Lagen sich christlich Orientierte in den Haaren, dann war jede der verfeindeten Parteien überzeugt, im Sinne der Drei-

faltigkeit zu handeln. Der ebenfalls christliche Feind hingegen unterstehe den Mächten der Unterwelt. Des Christengottes Beistand und Segen wurden von den Kriegshaufen vor
fast allen blutigen Auseinandersetzungen gleichermaßen er-
fleht. Brachte dieses Verhalten den Kriegern Nutzen? Für
welche Partei sollte sich denn nun Gott der Allmächtige entscheiden? Woran nicht gedacht wurde: Gott entschied sich
stets für keine der sich gegenüber stehenden Parteien. Das
jeweils folgende gegenseitige Töten und Verstümmeln wurde
mit oder ohne vorherige an Gott gerichtete Beistandsrufe
veranstaltet. Von jeher galt und gilt in der Welt das angeblich notwendige Zerstören von Leben und Lebenseinrichtun-
gen, wenn Regierende und ihre Menschen des angegriffenen
Landes nicht gewillt sind, auf ihr angestammtes Territorium
oder Teile davon zu verzichten. Unsinnig ist am Ende jedenfalls die Frage: Sind die nie endenden Gräueltaten unter der
Menschheit dem Willen des Christengottes und anderer sich
entfalteten Götter zuzuschreiben? Von Gemeinwesen, von
Menschen an Menschen zugefügte Schrecken werden sich
stets wiederholen, mit oder ohne religiöse Beistandsersu-
chen. Und somit wird sich auch niemals eine befriedigende
Antwort auf die Frage finden: Warum lassen es die verschiedenen Gottheiten zu, dass Anhänger einer Religion jene einer anderen verteufeln? Ist am Anfang nicht gelehrt worden,
sich an einen einzigen Gott zu halten? Ein Großteil der
Menschheit erkannte aber bald – oder redete es sich ein –,
dass im Verlauf jahrhundertelanger Glaubensgeschichte
nicht nur der Gott der Christen die Geschicke der Menschen
lenkt, sondern dazu auch eine Reihe anderer Götter. Grund-
sätzlich: Die Religionen sind nach menschlichen Vorstellungen entstanden und nicht von irgendwelchen Wesen.

Markgraf Ulrich von Brandenburg machte sich nur selten Gedanken über kirchliche Angelegenheiten, über verschiedene Götter und Teufel. Die Wirklichkeit von Hexen waren für ihn Hirngespinste. Stieß er irgendwann dennoch auf sie, beispielsweise infolge von Gesprächen, dann dachte er abschließend über sein Verhältnis zur Kirche und deren Predigern nach. Die Geistlichkeit verkündete den christlichen Glauben, verabreicht und überwacht von einer mächtigen Dreifaltigkeit. Das akzeptierte er. Doch war diese trotzdem (auch heute noch) von der Existenz und Macht unsichtbarer teuflischer Wesen überzeugt? Diese Frage ist mit einem klaren Ja zu beantworten.

Sehen wir die Historie: Die frühen göttlichen, aber ebenfalls unsichtbaren Wesen sorgten, nachdem die ehedem Lebenden ihren letzten Atemzug getan hatten, zudem für Besonderheiten. Der Überlieferung zufolge zogen Krieger und Kriegerinnen in das Reich der Toten ein, nachdem sie ihr Leben auf einem Schlachtfeld ausgehaucht hatten. Grausame Schlachten bereiteten der Menschheit seit Anbeginn ihrer Existenz anscheinend immer ein besonderes Vergnügen, zumindest deren überlebende siegreiche Führer. Die auf den Schlachtfeldern getöteten Krieger gingen nicht leer aus. Sie erfuhren eine besondere Ehrung, indem sie truppweise in das Reich der Helden überführt wurden. Nein, nicht deren zerhauende und in Verwesung begriffene Körper, sondern deren Seelen. Von wem die Überführungen vorgenommen worden sind, fanden wir nur vage heraus. Es sollen sich die sogenannten Walküren den aus den Menschenkörpern ausgehauchten Seelen angenommen haben. Die in den Diensten der ihnen jeweils zugeordneten Gottheit stehenden Helferinnen kümmerten sich sofort um das Einsammeln und Abliefern der Seelen. Für die Walküren warf das keine Probleme auf, da auch sie neben den Göttern jede Seele erkannten und zuzuordnen wussten. Doch diese Sache, wie überhaupt das Zugesichtbekommen aller Götter, konnte bis heute niemand glaubhaft bestätigen. Die sichtbaren Gottheiten, wie auch die Teufel und Hexen, sind gemalte oder in Stein gehauene Kunstwerke menschlicher Künstler. Deren Darstellungen, beispielsweise von den Propheten der Christenheit greifbar aufgestellt oder auf Wänden aufgebrachten Gemälden verewigt, werden von dem einen und anderen Gläubigen still angebetet, wenn diese Kunstwerke Gott geweiht worden waren – oder auch nicht. Dass von einigen der Darstellungen bereits Wunder ausgingen, ist angeblich bewiesen worden.

Markgraf Ulrich selbst war es mit seiner Ansicht doch nicht immer einerlei, wenn hier und da der nicht mehr wegzudenkende christliche Glaube an die Dreifaltigkeit noch mit heidnischen Denk- und Handlungsweisen einherging. Die angeborenen Gesinnungen der Menschen zu ändern, sie in glaubenswerte Einsichten zu stecken, konnte zu allen Zeiten in kriegerische Handlungen ausarten. Besonders war und ist nicht zu begreifen, wenn christliche Nationen sich gegenseitig den Garaus machen. War es dazu gekommen, hing sich jede Partei – wie bereits erwähnt – die Hoffnung an, die Dreifaltigkeit könne nur ihr zugetan sein. Und nach den Schlachten? Hüben wie drüben wurden die Gräber der Gefallenen mit Kreuzen geschmückt. Welch ein Hohn!

Mit den Wesen der Unterwelt befassen sich die Kirchenoberen auch heute noch. Die Bösen seien zwar unsichtbar, dennoch Wirklichkeit. Krankheiten, Unglücke besonderer Art, alle nicht zuzuordnenden Unpässlichkeiten werden auf die Bösartigkeiten des Teufels oder anderer erfundener Wesen zurückgeführt, von Menschenhand für jedermann sichtbar gemacht in Form von mannigfach gemalten und schriftlichen Darstellungen. Dem menschlichen Einfallsreichtum waren und sind nie Grenzen gesetzt, auch nicht über die Zeit hinaus, als der Hexen- und Teufelswahn die Menschheit angeblich dermaßen ins Wanken brachte, dass die hohe Geistlichkeit nicht umhinzukommen glaubte, diesen Zustand nur noch mit Härte, sprich Grausamkeiten aus den vom Teufel befallenen Geschöpfen auszutreiben. Dies geschah äußerst intensiv zu Beginn der sogenannten Neuzeit. Der Klerus kam zu der Erkenntnis, der Macht der Teufel und Hexen nur durch die Inquisition beikommen zu können, wenn ein befallener Mensch – üblicherweise nach vorherigen unglaublichen Folterungen – öffentlich verbrannt wurde. Das Feuer sollte des Menschen Seele – als solche selbst unsichtbar – freisetzen, um sie somit der Macht der Teufel zu entreißen. Mit der Verbrennung war es nach Ansicht hoher Glaubensvertreter gegeben, dass die von den Flammen gereinigte Seele sich aus dem brennenden Körper des Gequälten hat lösen können und sofort in das Paradies einziehen konnte. Ohne das Verbrennen des ehedem besessenen Menschen sei dessen Seele dem Teufel nicht zu entreißen.

Um es nochmals hervorzuheben: Den Inquisitoren und deren vollstreckenden Helfern kümmerten nicht die unsäglichen Qualen der Verurteilten, die diese sich im angeblichen Sinne Gottes selbst zuzuschreiben hatten. Für die Teufelaustreiber galt die abartige Verpflichtung, Menschen mit befallenen Seelen nicht weiterhin den Teufeln zu überlassen und sie mittels des Feuers zu befreien.

Und was geschah mit dem einst teuflisch befallenen Menschen, genauer gesagt, mit den verbrannten Resten seines

Körpers? Als ehemaliger Mensch noch erkennbar oder nicht, wurde dessen Asche samt sichtbaren Rest wieder zu Erde, dem Element, aus dem Gott den Verbrannten, wie es geschrieben steht, geschaffen und mit einer Seele versehen hat.

Die Folter- und Verbrennungsaktionen der Inquisition wurden besonders oft nicht nur in Deutschland vorgenommen. Auch Spanien hob sich aus der Sache heraus. Nächtlich zuckender Feuerschein und Rauch über einem Marktplatz oder nahe eines Ortes wiesen bereits von weitem darauf hin, dass wieder einmal Seelenrettungen veranstaltet wurden.

In der Mehrzahl erlitten Frauen die von den Inquisitoren angeordneten Folterungen, mit darauffolgendem Verbrennen. Denn für die päpstlichen Seelenreiniger war es ein Leichtes, das weibliche Geschlecht mit der Unterwelt in Verbindung zu setzen. Nach Ansicht der geistlichen Oberen mischten sich die Teufel in die Aufgabenbereiche der Hexen nicht ein, traten aber dann auf den Plan, wenn die weiblichen Besenstielreiterinnen im Umgang mit ihren Opfern in Schwierigkeiten gerieten. Wer also waren die Opfer der Inquisition? Es waren verleumdete Bürgerinnen und Bürger.

Der von der hohen Kirchenführung ausgewählte, für die Teufels- und Hexenaustreiberei geeignete Gottesmann, zumeist ein fanatischer Mönch, begab sich als Inquisitor in einem stabilen Planwagen, gezogen von einem Kaltblut, das einem Pferdeknecht zu gehorchen hatte, auf die Reise. Meistens wurde solch ein kleiner Treck von zwei mit Lanze und Schwert bewaffnete Krieger begleitet, die infolge der zu erwartenden sogenannten peinlichen Vernehmungen als ausführende Helfer des Inquisitors fungierten.

Inquisitor und Anhang zogen über das Land und ließen sich dort nieder, wo sie in einer Stadt oder in einem Dorf einen für ihre Zwecke gewölbeartigen Raum oder Keller vorfanden, der für ihre Vorhaben geeignet war. Danach ließ der Inquisitor umgehend den Grund seines Besuches ausrufen und musste dann nur darauf warten, bis ihm Bürger und Bürgerinnen gemeldet wurden, die angeblich dem Teufel verfallen waren. Es versteht sich, dass derlei Anschwärzungen in aller Heimlichkeit vorgenommen wurden. Um die Opfer handelte es sich zumeist um unliebsame Mitbürger, denen es sich zu entledigen galt. Wurde jedoch des Verräters Identität bekannt, konnte dieser davon ausgehen, bald selbst sein Leben aushauchen zu müssen, aber nicht durch die Hand eines der Helfer des Inquisitors.

Von hier aus nun einige Fragen an die verantwortlichen Glaubensvertreter:

War der Gott der Christenheit nicht imstande, die von den Inquisitoren verhängten grauenhaften Torturen zu verhindern? War es tatsächlich der Wille des Gottes der Liebe und Gerechtigkeit seine menschlichen Ebenbilder mit unvorstellbaren Grausamkeiten zu bedenken, gleichgültig, ob schuldig oder nicht? Verleumdungsgründe gab es zu allen Zeiten zuhauf, Bestrafungsmöglichkeiten ebenfalls. Verhöre und Maßnahmen der Hexenaustreiber in der gerade begonnenen Neuzeit ...? – Grausame Verhöre und Todesurteile im Namen der Dreifaltigkeit? Die Folterungen und Hinrichtungen sollten Warnungen an das Volk sein, waren aber auch für den einen und anderen eher abartigen Inquisitor eine willkommene Unterhaltung, ja Befriedigung. Fraglich ist am Ende zudem, ob es notwendig war, wenn sündige Menschen, ob tatsächlich oder nicht, in dem Maße bestraft wurden, wie Gottes Sohn es über sich hat ergehen lassen müssen? Es heißt, Christus hatte die Qualen nach seines Gottvaters Willen auf sich nehmen müssen, um mit dieser Maßnahme die Sünden der ganzen christlichen Menschheit zu tilgen. Gab es für Gott keine andere Möglichkeiten, seine sündigenden Ebenbilder auf die richtige Glaubens- und Verhaltensbahn zu führen? Nun ja, genützt hat es nicht.

Und noch etwas soll angesprochen werden, jenes, was nie abgelegt werden kann: Trotz lange zurückliegendem Beginn der Christianisierung ist der Aberglaube zu einem nicht geringen Teil in den Köpfen vieler Christen unverändert verbreitet. Es sind Nachwirkungen längst vergangener grauer Zeiten. Zurückgehaltene Verhaltensweisen der Götter und Göttinnen vorchristlicher Zeit können es nicht sein. Außerdem bestimmten und bestimmen jene erfundenen unsichtbaren Gebilde niemals der Menschen Schicksale. Heute sind es Alt- oder Mehrgläubige, die dennoch – unauffällig versteht sich – Gottheiten der Frühzeit nachhängen und nicht dem Aberglauben zuordnen.

Und Markgraf Ulrichs Meinung? Die Teufel seien ständig hinter den christlich Getauften her, was dadurch unterbunden werde, wenn jeder Untertan die Seelen stehlenden Unsichtbaren missachteten und sich voll und ganz der Dreifaltigkeit unterordneten. Letztlich sagte er sich, dass die Angst vor den Göttergewalten die Menschen beeinflusse. Die Ängste sind nachvollziehbar und gerechtfertigt, nicht aber, dass Scheingottheiten angerufen werden, um Hilfe zu erflehen.

Beenden wir das Thema bezüglich der Inquisition vor wenigen Hundert Jahren und geben dazu nur noch einige Betrachtungen und kurze Antworten.

Die den Bürgern und Bürgerinnen zugemutete Beiwohnung der Hinrichtungen, nein, der *Seelenreinigungen*, sollte deutlich machen, welche Konsequenzen folgen, wenn man sich angeblich mit Teufeln und Hexen einließ.

Waren Folter und Feuertod darauf zurückzuführen, dass Gottvater seinen Sohn Jesu fürchterliche Qualen hat erleiden lassen, um auf diese Weise seine von ihm geschaffene Menschheit von allen Sünden zu befreien? War das tatsächlich im Sinne eines *liebenden* Vaters geschehen, der des geschundenen Sohnes letzte Worte vom Kreuz herauf aufnahm: „Vater, ich lege meine Seele in Deine Hände."?

Der denkende Mensch kam schon nach Anbeginn seiner Existenz auf sonderbare und abartige Gedanken, Vorstellungen und Anwendungen. Andrerseits sei die Frage gestattet: War und ist der *Klerus** vom Dasein und von der Allmacht der christlichen Dreifaltigkeit tatsächlich überzeugt? Sind nicht Zweifel anzumelden, ob ein Sinn darin zu erkennen war und vielleicht noch ist, mit Folterungen und Feuertod im Sinne Gottes gehandelt zu haben, des Gottes der Christen und der Liebe? Und waren die Gestalten von Teufeln und Hexen auf Erden und in den Lüften überhaupt zu beschreiben, obwohl kein Mensch sie jemals zu Gesicht bekommen hatte? In Wahrheit waren deren bildliche Abdrucke nach den Vorstellungen künstlerisch veranlagter Menschen entstanden und nicht von unsichtbaren Wesen. Die Gestalt des Teufels ist auch nicht mit dem gehörnten Minotaurus aus der griechischen Mythologie zu vergleichen, denn der ist eine Sagengestalt. Und die Hexen ...? Auch sie, die auf Besen reitend durch die Nächte sausten und die Menschen mit Unheil bedachten? Heute noch? Sind diese unsichtbaren im Grunde genommen lächerlichen sich angeblich mit Teufeln einlassende Wesen noch heute unter uns – im einundzwanzigsten Jahrhundert? Ja, so wird es sein. Denn die Inquisition wird nach wie vor betrieben, allerdings unter Beachtung der Menschenwürde.

Nachtrag:
Wir Menschen können über vorgenannte Themen und Meinungen diskutieren, auch über die Frage, was nach dem Ableben des Menschen mit ihm geschieht, oder ist er tatsächlich tot? Dass ein gestorbener Mensch auf irgendeine Art und Weise bestattet wird, ist eine sichtbare Angelegenheit. Indes, den Verbleib seiner Seele wird der lebende Mensch nicht erfahren, weder durch Religionen noch durch Glaubensgemeinschaften. Und was zählt dennoch? Es ist der Glaube an die Dreifaltigkeit. Wird er tatsächlich ernst genommen, beispielsweise von den Christen, hält er zumindest den Großteil der Getauften davon zurück, sich außerhalb von Recht und Ordnung zu bewegen. Und wie steht es um die in Wirklichkeit sich gottähnlich sehende Diktatoren in der Welt? Sie werden ausnahmslos immer selbst ein Opfer des von ihnen verursachten Unheils wurden und werden.

Fragt sich nicht auch der gläubigste Christ: Ist unsere Erde im Weltall tatsächlich der einzige mit Leben jeglicher Art bevölkerte Himmelskörper? Ist dies wirklich so, dann weiß jedermann von Kindheit an, dass ein Gott Erde und Leben geschaffen hat, wie es in dem Buch der Bücher heißt: *Am Anfang schuf Gott Himmel und Erde ...* Dass dies Milliarden Jahre in Anspruch genommen hat, ist nachzuvollziehen. Und wie steht es heute im einundzwanzigsten Jahrhundert? Regiert anstatt zerstrittener Götter irgendwann wieder ein einziger Gott die Welt? – Das entscheiden die Menschen!

31

2. Kapitel

Lassen wir die verschiedenen religiösen Vorstellungen der Menschheit hinter uns, setzen die von Mark Twain begonnene Geschichte fort und bringen sie zu einem Ende. Twain hatte sie nach den ersten vier Manuskriptseiten abgebrochen, aber bereits kompakte Anhaltspunkte hinterlassen, dass wir sein in das Jahr 1219 angesiedeltes Thema nach unserer Vorstellung fortsetzen und beenden werden. Mark Twain hätte, da sind wir uns sicher, nichts dagegen, dass wir seinen Einfall nutzen.

Hinweis: Im ersten Kapitel war teils vom Markgrafen Ulrich von Brandenburg die Rede, ohne ihn näher vorgestellt zu haben. In unserer Geschichte wird das nachgeholt.

Betrachten wir den Lebensbereich unter der brandenburgischen Regentschaft und befassen uns zunächst näher mit des Markgrafen Ulrichs Bruder Adalbert, dem der Titel Baron besser gefiel als Prinz. Seit jungen Jahren war sein Sitz die linksseitig der Elbe einsam gelegene Holtenburg.

Auf Burg und Gut, jeweils von einem Vogt verwaltet, war der Baron vor etwa zwanzig Jahren nach Rückkehr in die Mark von seinem Bruder als Lehnsherr eingesetzt worden.

Wie sein Vorgänger sah auch Markgraf Ulrich von seinem Machtbeginn an seine Aufgabe darin, das Wohlergehen der Untertanen in seinem Land zu stärken und zu sichern. Diese positiv begonnene und anhaltende Entwicklung der erweiterten nordischen Provinz verfestigte sich ohne Blutvergießen zunehmend. Die Folge war, dass die im nord- und nordöstlichen Raum gelegene Provinz im so genannten *Römischen Reich Deutscher Nation* sich nach und nach zur bedeutendsten politischen und wirtschaftlich stärksten entwickelt hatte. Bis es zu diesem Umschwung, zu dieser Entwicklung gekommen war, war die bis dahin sogenannte *Nordmark,* um die es sich hier handelt, in jeder Hinsicht ein gebeuteltes Land wie nach wie vor alle deutschen Provinzen. Bis es sich aufgerafft hatte und mit eisernem Willen, Schwert und jeglicher Härte die Einigkeit und Stärke zu erreichen, nach denen sich das märkische Volk gesehnt hatte. Nach und nach war dann erheblicher Landgewinn hinzugekommen, einst abgenommen von jenen, die zuvor sich diese Landesteile kriegerisch angeeignet hatten. Bemerkenswert war die Aufnahme im Land ehemals feindlicher Volksgruppen, denen nach ihrer letzten Niederlage vom Regenten der Nordmark die Möglichkeit eingeräumt worden war, sich einzufügen, um Sesshaftigkeit zu erlangen. Letztlich stabilisierte das die Sicherheit des Landes und einen nachhaltigen Wohlstand seines Volkes. Und diese freiheitlichen Grundlagen schützte eine gelenkte und dadurch sich stark entwickelte Wehrbereitschaft, die eroberungssüchtigen Horden aus dem Osten dauerhaft das Fürchten lehren sollte. Dennoch durften Bedrohungen aus dem Osten nicht ausgeräumt werden, denn durch den wachsenden Wohlstand der Bürger waren feindliche Übergriffe nicht auszuschließen.

Auf dem Höhepunkt der erreichten verbesserten Stabilität der Provinz musste auch der bis dahin geltende Name Nordmark dem Namen *Mark Brandenburg* weichen. Dies war der Schlusspunkt nach der Übernahme der Herrschaft durch des Markgrafen Ulrichs Vorgänger, der bewirkt hatte, dass sich die Bürger in einem friedlichen und stets verteidigungsbereiten Lebensraum bewegen konnten. Ulrich genoss bald den Ruf, ein von seinen Märkern hochgeschätzter Landesherr zu sein, dem Recht und Ordnung über alles ging. Und was ihn zusätzlich aus den Reihen der Reichsfürsten hervor hob, war seine von ihnen gewählte Berufung in den Kreis der damals sechs sogenannten Kurfürsten, die, der Name bedeutet es, wenn es an der Zeit war oder sein musste, den Kaiser und somit das Oberhaupt der deutschen Nation wählten.

Was Schuld und Sühne im eigenen Land betraf – die Mark war trotz einmaliger Lebensbedingungen nicht das Paradies –, war Markgraf und Kurfürst Ulrich die letzte Instanz, wenn schwerste Straftaten zu ahnden waren. Dazu bestimmte er vor einer Gerichtsveranstaltung die jeweils kenntnisreichste adlige Persönlichkeit als anklagenden ersten Richter, der daraufhin zwei Beisitzer auswählte, die nicht unbedingt dem Adel angehören mussten, aber an Kenntnisreichtum nicht zu übertreffen waren. Wenngleich der Markgraf sich der Handlungs- und Urteilsfähigkeiten der Richter sicher war, so war es dennoch an ihm, das letzte Wort zu sprechen, ob er sich mit einem Urteilsspruch einverstanden erklärte oder nicht. Gewiss, die auserkorenen Richter formulierten die ihrer Meinung nach zu verhängenden Bestrafungen oder Freisprüche nach bestem Wissen und Gewissen, zu der auch der Landesherr stand. Zweifelte dieser jedoch ein gesprochenes Urteil an, musste es überprüft werden werden.

Mit minder zu behandelnden Delikten befassten sich die Patrimonialgerichte der Adelshäuser im Lande, was ohne Beisein und ohne Einmischung des Landesherrn vonstatten zu gehen hatte.

Als Vorsitzender des Patrimonialgerichts, wenn dieses in den Bereichen der Burg und des Gutes aktiv werden musste, fungierte selbstverständlich Prinz und Baron Adalbert. Kam es dazu, über eine Sache zu urteilen, beispielsweise nach Eigentumsdelikten, dann ging die Angelegenheit zumeist auch schnell zu Ende. Die Urteilsverkündung durfte aber nur der jeweilige Herr des ihm gehörigen oder unterstellten Lebensbereiches vornehmen. Im Gesamtbereich der Holtenburg verließ sich Burg- und Gutsherr Adalbert auf die Urteilsfindung und dem Bestrafungsvorschlag seiner beiden Verwalter. Rechtsprechungen gingen in der Regel schnell über die Bühne. Handelte es sich jedoch um Mord und Totschlag, dann musste der Strafsache sehr genauer nachgegangen werden. Hier war es stets notwendig, den Gerichtsprozess im Beisein des Landesherrn oder dessen Vertreter vorzunehmen.

Die Brüder Ulrich und Adalbert standen ihrem Wesen nach in einem Verhältnis zueinander, das unterschiedlicher nicht hätte sein können. Adalbert hatte sich bereits in seiner frühen Jugend zu einem negativ narzisstisch geprägten Charakter entwickelt, wozu es, jedenfalls nicht erkennbar, nicht den geringsten Anlass gab. Bemerkungswert machten ihm auf dem Weg des Erwachsenwerdens seine Zukunftsaussichten zu schaffen, die er nach Recht und Gesetz entsprechend und einer seit ewig geltenden Tradition nicht bereit war zu akzeptieren. Er war vom ersten Denken an ein negativ eingestellter Prinz, fast nie einverstanden mit seit ewig geltenden Verhaltensregeln, die niemals zu diskutieren waren, die aber, wenn die Staatsraison es erforderte, Änderungen erfahren mussten. Doch Erforderlichkeiten sollen hier nicht extra aufgezeichnet werden, da jedermann beurteilen kann, welche Arten oder Verhaltensweisen einen Thronwechsel verhindern können oder sogar müssen. Bei Adalbert zeigte sich bereits in früher Jugend ein bestimmtes Einsichtsverhalten. Als Zweitgeborener hätte er im Normalverlauf die Thronfolge seinem älteren Bruder Ulrich nicht streitig machen können. Er wusste es selbstverständlich, doch weigerte sich sein Denkvermögen, sich mit dieser Tatsache auseinanderzusetzen. Die für später zu erwartende, also normale Thronfolge quälte ihn dermaßen, sodass er nicht lange nach Beginn seines Erwachsenwerdens für eine unbestimmte Zeit die Brandenburg verließ und sich, wie bereits gesagt, weit im Osten in die Dienste des Herrschers der Rus begab. Warum es ausgerechnet das Reich der Rus sein musste, ist uns nicht bekannt worden.

Nach etwa zwei Jahren quittierte er seine für das Land nicht gerade wichtige Tätigkeit und kehrte mit dem ihm von Juri II. verliehenen Titel Baron zurück auf die Holtenburg. – Baron? – Diesen Titel, in der damaligen deutschen Nation noch unbekannt, behielt er auch späterhin bei. Sprach ein ihm Unterstehender an, dann galt aber nach wie vor die festgelegte Anrede *Königliche Hoheit*. Der Adelstitel Baron gefiel ihm aber besser als Prinz, und somit beließen auch wir es dabei.

Nun, von Anbeginn bis zu der inzwischen rund zwanzigjährigen Regierungszeit des Bruders und Markgrafen Ulrich hatte Adalbert, seit Langem vermählt, sich in die Einsamkeit seiner Burg gedrängt gefühlt. Dennoch war er hinter den Mauern seiner Burg und im Bereich des dazugehörigen Gutes, auf dem er sich nur selten blicken ließ, am besten aufgehoben. Im direkten Herrscherbereich seines Bruders und Herrn hätte er nichts weiter erreichen können, als dass man ihm aus dem Weg gegangen wäre. So war musste er dann nach seiner Rückkehr aus dem Reich der Rus tatsächlich erfahren, dass er mit keinem Regierungsamt bedacht werden sollte. Markgraf Ulrich hielt es nicht für angebracht, seinen Bruder eine staatsdienliche Aufgabe übertragen zu können, da er dessen charakterliches Verhalten bei Hofe, ja gegenüber jedermann, nicht zu ändern wusste. Dass es sich bei Adalberts Verhalten um eine narzisstisch geprägte Veranlagung handelte, hätte er nicht deuten können. So blieb es nicht aus, dass auch die eher unbedeutenden Kontakte zwischen den beiden ungleichen Brüdern immer seltener wahrgenommen und schließlich eingestellt wurden. Es schien, als hätten sie sich nicht nur aus den Augen verloren, sondern regelrecht vergessen.

Auf Baron Adalbert traf das Vergessen nicht zu. Er fand sich nicht damit ab, dass ihm im direkten Herrschaftsbereich seines Bruders keine hoch dienliche Aufgabe übertragen wurde. Zum Beispiel hätte er sich zukünftig um die Verteidigung der Mark kümmern können, verantwortlich für die Sicherheit des Landes und seinem Volk. Seine militärische Ausbildung, die ihm ab früher Jugend angediehen worden war und sich in Diensten des Großfürsten der Rus fortgesetzt hatte, wäre dem Volk zugute gekommen. Doch Bruder und Markgraf Ulrich musste früh erkennen, aufgrund Adalberts Charakter überhaupt keine Führungsaufgabe übertragen zu können. Adalbert folgte seiner eigenen Beurteilung der Sachlage und handelte danach. Selbst Sichtbares verdrehte er in seinem Sinne. Er war ein meisterlicher Ausweichler und rücksichtsloser Besserwisser und Verdreher von Tatsachen. Der Name Narzissmus mit seinen Auswirkungen war in der damaligen Zeit unbekannt, und es wäre zwecklos, diese Veranlagung ändern zu wollen, sie war zu allen Entwicklungszeiten eines befallenen Menschen gleichbleibend, kurz gesagt: nicht heilbar. So stand es auch um den Prinzen Adalbert, der eigenes unrechtes Handeln nicht erkannte, wozu auch die Unempfindlichkeit gegenüber Mitleid und Trauer gehörte. Und somit war es seiner charakterlichen Veranlagung zuzuschreiben, wenn er sich seinem Bruder nicht nähern und anbieten wollte. Er blieb nach wie vor bei seiner Meinung, sich seinem Bruder für eine Landesaufgabe nicht anbieten zu müssen.

In Adalbert hatte sich negativ narzisstisches Verhalten, wie bereits angesagt, im frühen Jugendalter bemerkbar gemacht. Sein Wesen bestimmte eine psychische Veranlagung, die medizinisch noch nicht einzuordnen und auch nicht in die Normalität zurückzuführen war. In seinem direkten Umkreis galt er als unbeugsam und, um es drastisch zu beschreiben, tyrannisch. Jede noch so gut gemeinte Annäherung bedeutete für ihn ein versteckter, aber kein körperlich angedachter Angriff auf seine Person. Es war nicht gerade eine positiv zu bewertende Eigenschaft – wenn man es denn so gelten lassen will –, dass er sich auf bewaffnete Auseinandersetzungen niemals einlassen wollte. Es kann auch gesagt werden: Der stets mürrische Adalbert war in jeder Hinsicht ein Feigling. Dieses Verhalten galt nicht, wenn es sich um die eigene Bevorteilung und Unversehrtheit handelte wie am Beispiel der heimlichen Ermordung der Helferinnen unmittelbar nach der Geburt seiner Tochter Irmgard. Denn dazu waren für ihn weder Mut noch Überwindung erforderlich, Merkmale, die ihm ohnehin nicht gegeben waren.

Nach vielen Jahren ständiger Unzufriedenheit war ihm seit Langem bewusst, zukünftig bei Hofe und in der Mark nur eine Nebenrolle zu spielen, eher gar keine. Das führte dazu, dass er im Geheimen verschiedenen Planungen nachhing, bis sich am Ende ein einziger in ihm festsetzte, der zum Erfolg führen solle. Gewiss, die Verwirklichung des zurechtgelegten Planes konnte erst in etlichen Jahren angegangen werden, aber als jetzt noch junger Mann falle es ihm nicht schwer, die lange Zeit mit der Geduld zu leben. Also speicherte er sein anscheinend ausgereiftes Vorhaben in seinem Gehirn ab und ließ es dort ruhen.

Unabhängig von Throngelüsten quälten Adalbert nicht minder Neid und Missgunst gegenüber seinem Bruder. Untermauert wurde dies von politischer und gesellschaftlicher Ablehnung, die, wie wir inzwischen wissen, durchaus seine Berechtigung hatte. Seine sich nie abschwächenden narzisstischen Gedanken drehten sich nie um materielle Erwartungen, sondern um die Übernahme einer hohen Position im direkten Machtkreis Ulrichs. Als Thronnachfolger war er hinter seinen Bruder gesetzt. Irgendwann selbst den Thron des Markgrafen besetzen zu können, war somit für ihn nur möglich, wenn Ulrich aus irgendeinem Grund seine Gesundheit und Regierungsfähigkeit einbüßte oder seine Gemahlin kinderlos blieb. Noch hatte die Markgräfin kein Kind geboren, und der Baron hoffte inständig, dass sich das aufgrund besonderer Umstände nicht ändere. Käme dennoch ein markgräfliches Kind zur Welt, dann könne der in seinem Geiste vorbereitete und gespeicherte Plan greifen, er müsse ihn immer nur neu überdenken und eventuell neu erstellen.

Dass für seine Zwecke jeder Plan scheitern und ihn selbst vernichten könnte, darüber verlor er, wie bereits weit zuvor angedeutet, keinen Gedanken.

3. Kapitel

Betrachten wir nun die Verhältnisse auf der Holtenburg und jene in ihrem Bereich etwas näher.

Schaute man vom oberen Stockwerk des Palas* oder von dem niedrig gehaltenen Bergfried über die wipfelschweren Buchen nord- bis ostwärts, waren die Gutsgebäude und fast alle Teile der Ackerflächen und Viehweiden auszumachen. Nur die Köhlerei auf einer Lichtung im unteren Bereich des Burgwaldes und der Südgrenze des Gutsgeländes blieb den Blicken verborgen, wie auch der ständig sparsam aus dem Meiler ausströmende grauweiße Rauch, der sich je nach Windrichtung bereits unterhalb der Baumwipfel verlor.

Köhlereien sind für die Herstellung von Holzkohle seit alters her eine der wichtigsten Einrichtungen, um ganzjährig Kamine, Schmiedefeuer und Kochstellen zu unterhalten.

Sehen wir uns weiter um, wobei immer wieder Baron Adalbert sichtbar wie auch unsichtbar mit im Vordergrund steht. Bislang konnte von keiner von ihm getroffenen Maßnahmen von Wichtigkeit oder Bedeutung die Rede sein, die wenigen von ihm getroffenen hätte er sich ersparen können, da sie von den beiden Vögten längst veranlasst worden waren. Diese Männer, auch Verwalter genannt, beide Anfang vierzig, sorgten mit ihren Kenntnissen und Erfahrungen in jeder Hinsicht dafür, dass alle erforderlichen Arbeitsabläufe zufriedenstellend erledigt wurden.

Zu den Bediensteten auf der Burg zählten auch zehn Söldner, die zwischen ihren Wachdiensten nicht nur ihre Waffen und Ausrüstungsgegenstände pflegten, sie waren zudem da-

Palas: Thronsaalgebäude 40

für verantwortlich, dass alle der Sicherheit dienenden Gewerke, wie das Burgtor, die Zugbrücke, das Mauerwerk zwischen den Gebäudeteilen und der Burggraben in gutem Zustand waren. Trotzdem ermöglichte ihnen eine genügend verbleibende Zeit, neben den Knechten alle möglichen Tätigkeiten zu verrichten, wo es notwendig war, oft auch unten im Gutsbereich.

Den Burgsöldnern stand als Unterkunft das Erdgeschoss des Palas zur Verfügung. Der Saal darüber ist nach Beginn der Regentschaft Ulrichs nur einmal genutzt worden. Zu der Zeit war Adalbert, der derzeitige Burg- und Gutsherr, noch nicht auf der Welt.

Die Söldner waren nicht nur in der Handhabung ihrer Hieb- und Stichwaffen bewandert, was ohnehin von ihnen zu erwarten war, sie zeichneten sich zudem als treffsichere Bogenschützen aus. Diese Notwendigkeiten hatten sie sich als Jünglinge auf den elterlichen Bauernhöfen neben ihrem handwerklichen Geschick angeeignet. Die jungen Männer waren nachgeborene Söhne, denen die Übernahme des Hofes versagt blieb, da stets der Erstgeborene die Liegenschaft übernahm. Im Grunde genommen waren die Eigentümer der bäuerlichen Betriebe nicht die Bauern selbst, es waren die jeweiligen Adelsfamilien, die ihre Landwirtschaften für eine lange Zeit verbindlich verpachteten. Damit waren sie einschließlich aller Untertanen auf Dauer versorgt.

Die Bogenschützen waren nicht nur bei Jagdausflügen gefragt. Sie waren hauptsächlich für die Bewachung der Burg zuständig, denn mit dem Auftauchen ungebetener Besucher musste immer gerechnet werden. Käme es jedoch zu einer massiven Belagerung mit reichlich Söldnern, Belagerungsgeräten und viel Zeit, fiele die gesamte Anlage samt Belegschaft ohne Blutvergießen in Feindeshand. Es wären Versorgungsprobleme, die nach relativ kurzer Belagerungszeit die Burgleute zur Übergabe zwängen. An einen derartigen Ansturm auf die Holtenburg glaubte in diesen Zeiten aber niemand. Denn die Burgangehörigen wie auch die Bauern und Handwerker auf dem vorgelagerten Gut bauten auf ihren mächtigen Verbündeten, nämlich den bereits zuvor erwähnten Buchenwald mit seinem die Feste umschließenden dichten Unterholz. Überfallartige Angriffe waren nur aus dem Osten zu erwarten und abzuwehren mit den vorhandenen Anlagen und Mitteln.

Die Söldner besaßen keine eigenen Pferde, waren aber von Haus aus des Reitens fähig, sodass hin und wieder der eine oder andere von ihnen als Kurier zwischen Burg und Gut und darüber hinaus eingesetzt werden konnte.

In einem der Viehställe direkt dem Palas gegenüber standen fünf Rosse zur Verfügung: zwei robuste schwarze Kaltblüter und für die Herrschaft und dem Vogt als Reittiere drei seidig braune, hochbeinige Warmblüter mit hellgrauen Mähnen. Besonderes Augenmerk hatten die Knechte darauf zu legen, die Pferde stets gut zu versorgen, wozu auch eine hinreichende Bewegung der Tiere nicht vernachlässigt werden durfte. Standen im Verlauf der Tage keine Ausritte an, dann wurden die Rosse auf die Weiden des Gutes geführt, wo sie grasen und sich entsprechend ihrer Veranlagung austoben konnten. Die Kaltblüter wurden naturgemäß als Arbeitstiere eingesetzt, durften sich aber ähnlich bewegen wie ihre temperamentvolleren Artgenossen.

Und in den Ställen des Gutsbetriebes? Dort standen sechs Kaltblüter sowie drei Ochsen zur Verfügung. Die Tiere wurden, wenn für sie keine Einsätze vonnöten waren und auch das Heumachen nicht anstand, ebenfalls auf die Weideflächen geführt, wo sie vom Rindvieh empfangen wurden.

Für die zusätzlich besondere Versorgung der Guts- und Burgbelegschaft wurde gelegentlich unmittelbar vor Winterbeginn einer der Ochsen von einem jüngeren abgelöst, der auf dem Gut das Licht seines zu erwartenden arbeitsreichen Lebens erblickt hatte – allerdings als Bulle. Das alte, sich zweifellos Verdienste erworbene Tier wurde geschlachtet und unter den Burg- Gutsleuten verteilt. Doch diese Versorgungssache mit den Ochsen wurde nicht jährlich wiederholt, es stand dann auch anderes Großvieh zur Versorgung heran.

Wie überall nahmen von allen Tieren die Pferde den höchsten materiellen Stellenwert ein. Rinder, Schweine, Ziegen, Schafe und das Federvieh waren in den Burgställen nicht zu finden, wozu der zusätzlich benötigte Platz auch gar nicht vorhanden war. Vom Burgvogt für die Versorgung der Burgleute angeforderten Tiere wurden auf dem Gutshof geschlachtet und auf die Burg transportiert.

Und wie verhielt es sich mit den baulichen und sonstigen Gegebenheiten auf der Holtenburg? Nicht ein Wohn- oder Wirtschaftsgebäude bestand, was nach wie vor in allen anderen Provinzen häufig anzutreffen war, bis auf die Grund- und Wehrbereiche komplett aus Holz. Die Wehr- und Wohnanlage der Holtenburg ist errichtet worden mit von weither herbeigeschafften und bearbeitetem Gestein. Die Dächer bedeckten Lehmziegel. Die Burganlage war erst seit rund achtzig Jahren in Betrieb und als Vorposten gegen kriegerische Bedrohungen aus Nord und West vorgesehen. Doch seitdem das Vorgeschlecht des Markgrafen Ulrich die damalige Nordmark ab Mitte des 12. Jahrhunderts zu beherrschen imstande war, ist sie von eroberungssüchtigen Kriegsvölkern nicht mehr heimgesucht worden. Mit gelegentlich auftauchenden Marodeuren war aber immer zu rechnen, auch in der jetzigen erstarkten Mark.

Die Rückseiten der Gebäude wiesen Fenster auf, die nicht nur für Licht- und Lufteinlass sorgten, sie erfüllten auch den Zweck, das Gelände rings um die Feste herum beobachten zu können. Hohes, starkes, aber im Gegensatz zu Stadtmauern schmal gehaltenes Mauerwerk mit jeweils vier Zinnen schloss ringsherum vier Gebäudelücken. Unterhalb der Zinnen war jeweils ein einfacher, aber überdachter Wehrgang angebaut. Hätten Angreifer abgewehrt werden müssen, sollten sich auf den Wehrgängen sowie hinter den schmalen Gebäudefenstern einige der Söldner mit Pfeil und Bogen verteilen. Den Knechten war die Aufgabe zugeordnet, das Anstellen und Erklettern von Sturmleitern mit am langen, gegabelten Stangen zu verhindern. Doch zunächst hätten die Angreifer Wall und Burggraben überwinden müssen, was allein für sie ein Opfergang wäre.

Die Bedeutung des aus Eisenstangen geschmiedeten Fallgitters hinter hochgezogener Zugbrücke muss nicht besonders hervorgehoben werden. Die Bewachung dieses Zugangsbereiches in die Burg wurde von den Wächtern vernachlässigt, wenn die Zugbrücke abgesenkt war.

Der sogenannte Wehrgraben um Gebäude- und Mauerfuß verlangte wie jede Einrichtung, die gegen ein feindliches Anrennen notwendig war, ebenfalls besondere Beachtung und Wartung. Der Graben war nur etwas über drei Meter breit und weniger als zwei Meter tief. Er lief auch nach starken oder tagelang anhaltenden Regenfällen nicht über, verdunstete hingegen in Trockenzeiten zwar reichlich Wasser, glich seinen Wasserstand durch die Grundwasseradern aber immer wieder aus. Dieser Ausgleich traf auch auf den mitten im Burghof angelegten, überdachten Brunnen zu, der seit seiner Fertigstellung vor vielen Jahren immer noch klares Wasser lieferte.

Der Aushub des Grabens war zu einem festen, buschfreien Wall rund um den Außenrand aufgeschüttet worden. Beide der Verteidigung dienenden Maßnahmen bedurften einer ständigen Überwachung und Pflege. Das zumeist eingetrübte Wasser wies unter seiner Oberfläche ein besonderes Merkmal auf. Angreifer, falls sie es unbeschadet schaffen sollten, auf den Wall zu steigen, um mit Grabenabdeckungen und Sturmleitern über die Zinnen und von dort aus das Burginnere zu erreichen, taten gut daran, sich zunächst davon zu überzeugen, ob nicht irgendwelche Tücken unter der Wasseroberfläche auf sie warteten. Und der Graben wies Tücken auf, nämlich in den Grund gerammte Kiefernpfähle, die angespitzten Enden nach oben gerichtet. Sollten vom Wall aus feindliche Krieger tatsächlich die oberen Leitersprossen schadlos erreichen, wartete ein Teil der Söldner auf den nur kurzen Wehrgängen zwischen dem hohen Mauerwerk der Gebäude, bis der eine oder andere feindliche Krieger die Zinnen erreichte, um dann die Leitern mit gegabelten Stangen von den Zinnen abzustoßen. Dies würde dazu führen, dass die emporgestiegenen Angreifer in den Graben stürzten und von den Pfählen aufgespießt wurden.

In der Vergangenheit war jede Burgbesatzung davon ausgegangen, dass eine beabsichtigte und erfolgreiche Eroberung keinem Feind Vorteile bringe. Allein sich tagelang zuvor mit dem Verbreitern des Weges durch den Wald zur Burg hin zu beschäftigen, um Sturmgerät vor den Graben zu schaffen, hätte keinen Sinn ergeben. Würde sich eine anrückende feindliche Heerschar die Städte Tangermünde und Stendal als Ziele vorgenommen haben, könnte es für sie nützlicher sein, die Holtenburg vorerst außer Acht zu lassen, um das Gut als spätere Versorgungsstation einzurichten. Das Gutspersonal, falls es nicht schnell genug oben in der Burg Schutz gefunden hätte, wäre schnell in die Gewalt des Feindes geraten. Zudem war davon auszugehen, dass am Schluss die Gutsanlagen der Plünderung und anschließendem Feuer zum Opfer fallen würden. Sollte die fremde Soldateska dennoch Wert auf die Eroberung der Burg legen, dann brauchte sie nur solange zu warten, bis die Burgleute dem Hunger nicht mehr gewachsen waren und aufgaben.

Über Verteidigungsmaßnahmen mussten die Burg- und Gutsleute bisher nicht ständig nachdenken, was jedoch nicht hieß, sich nicht bewusst zu sein, dass sich die Verhältnisse in kurzer Zeit ändern könnten. Seid Langem hatte sich das kleine Volk im Bereich der Baronie dem Ansturm eines feindlichen Heeres nicht erwehren müssen, achtete aber darauf, Wehranlagen, Beobachtungen und Wehrbereitschaft nicht zu vernachlässigen.

Die rundum stark gesicherte Landesgrenze sowie der weithin reichende Ruf, es sei für jeden Angreifer ein blutiges Unterfangen, die Mark Brandenburg erobern zu wollen, war vornehmlich in den Nord- und Ostländern nicht ungehört geblieben.

Erheblich mehr Sorgen bereitete den Anliegern das im östlichen Gutsbereich jährlich im Frühjahr ankommende Hochwasser der Elbe. Mit auf Raub ausgehendem Gesindel konnten die Familien mit ihren zur Verfügung stehenden Mitteln gewiss schnell fertig werden, was zwei Ereignisse in den letzten vier Jahren bewiesen. Der Kampf gegen das Wasser bedeutete mit dem Ende der Winterzeit eine wiederkehrende, ungleich länger anhaltende Herausforderung. Doch mit der anrollenden Naturgewalt im Gutsbereich hatten zumeist nur die zum Gut gehörigen zwei Fährfamilien ihre Not. Sahen sie das Elbwasser bedrohlich ansteigen, überprüften sie die Vertäuung der Fähre und verließen dann mit den Dingen des täglichen Gebrauchs ihre Katen und zogen in eine für sie zur Verfügung gehaltene Scheune im Gebäudebereich des Gutes unweit des diesseitigen Ufers der Elbe. Dieser Bereich, wie auch die Weide- und Ackerflächen blieben stets vom Hochwasser unbedrängt.

4. Kapitel

Oberflächlich betrachtet hätte es Baron Adalbert auf seiner Burg mit dem in jeder Hinsicht großartig ausgestattetem Gut gar nicht besser treffen können. Mit Gemahlin Hiltrud und Tochter Irmgard schien er, der sich Baron nennende Prinz von Brandenburg, sorglose Jahre genießen können. Doch für seine Ehefrau und ihrem Kind waren Zufriedenheit und glückliches Dasein Merkmale, die sie außerhalb ihrer Gemächer nicht ausleben konnten.

Nach zweiundfünfzig Lebensjahren war der Baron nicht nur alt geworden, sondern auch mürrischer. Letztere Eigenart war, wie zuvor angezeigt, auf die frühe Missachtung seiner Person zurückzuführen, die besagte, dass ihm, dem Prinzen von Brandenburg, nach Ansicht des Markgrafen und Bruders Ulrich eine hohe Regierungsaufgabe nicht zugestanden werden konnte. So kam es, dass sich Adalberts um den Brandenburger Thron drehende Grübeleien ihm oft schlaflose Nächte bereiteten, und das seit vielen Jahren. Und saß er am Abend regungs- und zumeist sprachlos in seinem Sessel nahe dem Kamin, dann war für seine sich mit Handarbeiten beschäftigende Gemahlin Hiltrud leicht erkennbar, mit welchem Problem er sich innerlich herumschlug. Doch es kümmerte sie nicht, wenn irgend Schwerwiegendes des Gatten Hirn quälte. Für den Mann hatte sie auch nicht den Schimmer von einem Zugehörigkeits –, geschweige denn Hingebungsgefühl übrig. Deutlich angefügt: Gegenüber des ihr vor über achtzehn Jahren vom damaligen brandenburgischen Markgrafen und ihrem Vater zugewiesenen Prinz Adalbert empfand sie von Anbeginn nichts weiter als eine niemals zu korrigierende Verachtung, gelegentlich sogar ein Ekelgefühl, wenn er nächtlich drauf und dran war, sich ihr zu nähern, was er nach wenigen Jahren – er hatte es begriffen – unterließ. Für sie waren die Minuten neben Adalbert auf der Lagerstatt die widerlichsten in ihrem Eheleben. Bis zu ihrer Vermählung im achtzehnten Lebensjahr war sie ein fröhliches, weltoffenes Geschöpf, danach nur noch ein bedauerliches Wesen, das eine ab ihrer aufgezwungenen Vermählung liebende und vertrauenswürdige Zweisamkeit nie hat erfahren können. Ihrem damals unvorhergesehen nur noch wenige Wochen lebenden Vater, Junker und Vasall in der Markgrafschaft Brandenburg, mit einem eher kleinen Gutsbetrieb in der Nähe Stendals, interessierte nicht das Glück seines Kindes, sondern vielmehr der Bruder des Markgrafen, dem er Tochter Hiltrud besonders gut hatte *verkaufen* können. Nun war nach vielen Ehejahren aus dem einstmals fröhlichen Mädchen eine achtunddreißigjährige freudlose, seelisch vereinsamte Frau geworden.

Auf seinem Gut ließ sich Baron Adalbert zwei Mal im Frühjahr und gleichermaßen im Herbst blicken. Sein Burgvogt hingegen hatte mit dem Gutsverwalter wöchentlich zu tun, denn Versorgungsmaßnahmen und Reparaturen jeglicher Art durften nicht vernachlässigt werden.

Baron Adalberts und seiner Gemahlin Hiltruds inzwischen bald achtzehnjährige Tochter Irmgard war gereift zu einer kräftigen und ansehnlichen Frau. Der narzisstisch veranlagte Adalbert, dem ein männlicher Nachkomme versagt blieb, brachte es nach ursprünglich kurzer Überlegung dazu, in seinem Sinne die brandenburgische Thronnachfolge zu manipulieren. Er trachtete danach, Irmgard die Inbesitznahme des Thrones zu ermöglichen, wobei für ihn nicht deren Wohl im Vordergrund stand, sondern sein Streben nach eigenem Ansehen in der Mark Brandenburg und darüber hinaus. Um das zu erreichen, musste der sich in ihm eingenistete Plan aufgehen. Er war überzeugt, nach dessen Verwirklichung den märkischen Machtbereich übernommen zu haben. Dass seine bereits seit vielen Jahren angewandte verbrecherische Praxis, seiner Tochter nach außen hin die Weiblichkeit zu versagen, für ihn den sicheren Untergang bedeuten könnte, daran hatte er nie einen Gedanken verschwendet.

Adalberts Tochter Irmgard beherrschten seit ihrer Geburt von ihrem Vater diktiertes Lügen wie auch geistige und körperliche Unterdrückung, sodass für die Heranwachsende ihre geschlechtliche wie gesellschaftliche Zukunft undurchsichtiger nicht hätte sein können.

Außerhalb der Räumlichkeiten ihrer Eltern und ihres Zimmers stand sie unter stetiger Kontrolle ihres Vaters, der es skrupellos bereits in der Stunde ihrer Geburt festgelegt hatte, das Mädchen in der Öffentlichkeit als Sohn zu deklarieren. Für seine Zwecke kam Baron Adalbert die geografisch versteckte Lage seiner Holtenburg entgegen. Dieser einsam gelegene Machtbereich begünstigte sein Versteckspiel, dazu die Tatsache, eine persönliche Verbindung mit der dreißig Meilen entfernt residierenden Verwandtschaft nicht pflegen zu müssen. Dass er es war, der das *Nichtpflegen* zu verantworten hatte, kam ihm nicht in den Sinn.

Irmgard hatte ihre Kindheit nach außen hin frei und ungezwungen erlebt, Kontakte zu Gleichaltrigen aber niemals knüpfen dürfen. Dazu war sie schon früh von ihrem Vater angehalten worden, Kindern der Hofbediensteten und jenen unten im Gutsbereich nicht zu nahe zu treten und schon gar nicht mit ihnen herumzutollen. Des Barons Argument: Kinder der Untertanen seien nicht ihres Standes und stets schmutzig. Mit adligen etwa gleichaltrigen Nachkommen außerhalb der Holtenburg bestand ohnehin keine Verbindung.

Baroness Prinzessin (Irmgard erhielt eine Erziehung ihrem Stande entsprechend, allerdings in der Rolle eines Knaben namens – nach außen hin – *Konrad*. Bereits im frühen Jugendalter lernte sie den Umgang zunächst mit einem hölzernen Schwert, älter und kräftiger geworden dann mit dem Kurzschwert. Geraume Zeit später kam hinzu, dass sie auch mit Pfeil und Bogen umzugehen wusste. Das Bogenschießen auf verschiedene Ziele übte sie mit besonderem Spaß. Überhaupt: Die Waffenausbildung wertete sie als willkommene Abwechslung und körperliche Ertüchtigung. Dass diese Werkzeuge zum Töten erdacht worden waren, darüber sann sie nicht. Sie war in hohem Stande geboren worden, weiblich und nicht als Kriegsmann.

Für die Ausbildungsabläufe hatte der Baron einen fähigen Burgsöldner ausgewählt, dem aufgetragen worden war, körperbezogenes Ringen nur anzudeuten, besser, es gar nicht erst einzuplanen. Sein Argument war, waffenloser Zweikampf sei Sache Nichtadliger.

Irmgard! Ach, wie lange war es her ... Diesen Namen erhielt das Mädchen nach ihrer Geburtsstunde von ihrer Mutter. Nach zwei Stunden auf der Welt war sie nach des Vaters getroffenen Absichten *Sohn Konrad*! Dies war, um es deutlich hervorzuheben, die wichtigste Anordnung Adalberts, um mit Irmgard auf eine spätere wahrscheinliche Thronübernahme zugreifen zu können. Für ihn waren es nach seinen in ihm sich eingegrabenen Vorstellungen Hilfsmaßnahmen, die er sofort anwenden wollte, wenn die Zeit dafür gekommen war.

Nach anfänglichen Fragen des heranwachsenden Mädchens an ihren Vater, als sie dank ihrer Mutter Hiltrud mit der Wirklichkeit ihrer körperlichen und seelischen Entwicklung umgehen konnte, erhielt sie immer nur ausweichende Antworten. Und der Baronin war ab dem Tag der Geburt ihrer Tochter ohnehin von ihrem Gemahl untersagt worden, die Wahrheit verlautbaren zu lassen. Sollte sie sich zukünftig dessen Anweisungen nicht fügen, musste sie damit rechnen, in die Verbannung geschickt zu werden oder sogar – dem Baron waren teuflische Taten zuzutrauen – mit dem Verlust ihres Lebens auf irgendeine geheime Art und Weise. Derlei Gedanken gingen der Baronin öfter im Kopf herum.

Eine Verbannung auf ungewisse Zeit hätte sie hingenommen. Aber da sie ihre Tochter nicht sich selbst überlassen wollte, verhielt sie sich so, wie es ihr Gemahl verlangte.

Irmgard, des Denkens fähig geworden, musste sich damit abfinden, dass für sie der Sinn ihres sonderbaren Daseins auch weiterhin im Dunkeln liegen werde. Nur einmal fragte sie sich, ob sie nicht von Geburt an eine schmerzlose, aber geschlechtsbezogene Sache mit sich herumtrug, die sie nicht erfahren sollte, vielleicht sogar aus gut gemeintem Grund, der sie nicht erschrecken sollte. Doch am Ende hielt sie sich mit Fragen in der Gewissheit zurück, auf ehrliche Antworten vergeblich zu warten. Indes bedrückte es sie zusätzlich, dass ihre Mutter zum Schweigen verurteilt war. So blieb ihr die Hoffnung, nein, sie war überzeugt, irgendwann die Wahrheit zu erfahren. Wahrheiten, hatte ihre Mutter einmal gesagt, können eine lange Zeit unterdrückt werden, bleiben auf ewig aber nicht verborgen. Diese Erkenntnis vergaß sie nicht.

In ihrer viele Jahre lang regelrecht durchlebten Verborgenheit war Irmgard herangereift zu einer blühenden jungen Frau von hohem, schlankem und kräftigem Wuchs. Mit ihrer sich durch körperliche Übungen angeeigneten Kraft hätte sie manchem Angreifer nicht ausweichen müssen. Und mithilfe ihrer Wendigkeit und geschickten Führung des Kurzschwertes war sie fähig, auch kraftvoll geführte Hiebe wirkungslos zu parieren. Besonderes Vergnügen bereitete ihr das Bogenschießen auf eine aus Stroh gefertigte Zielscheibe, angebracht auf ein spezielles Holzgestell, das sie für verschiedene Entfernungen aufstellen ließ.

Ansonsten hatte der Baron seiner Tochter im Zuge der Verheimlichung ihres Geschlechts den höchsten Grad der Geheimhaltung aufgezwungen, aber nicht ihr Denken unterbinden können. Ihn berührte zufriedenstellend die körperliche und geistige Entwicklung Irmgards, denn diese Merkmale waren für sein absurdes Vorhaben von ausschlaggebender Bedeutung.

Baron Adalberts abfallende Mundwinkel verrieten einen unzufriedenen, humorlosen, in sich gekehrten Charakter. Überwiegend unterhielt er sich mit sich selbst – gedanklich, was ersichtlich wurde durch seine körperliche Haltung und einem ständig starren Gesichtsausdruck. Seine narzisstischen Eigenschaften waren ihm angeboren und hatten sich schnell voll ausgebildet. Es war sein Inneres, seine in ihm ständig wiederkehrenden Gedankengänge, die sich mit der Gegenwart und vor allem den zukünftigen Machtverhältnissen in der Mark beschäftigten. Ausschlaggebend war die Re-

sidentschaft seines Bruders Ulrich, dessen Ende der Landesherrschaft aus Alters- hauptsächlich aber aus Gesundheits-
gründen abzusehen war.

Zu Streitigkeiten zwischen beiden war es nie gekommen,
weder in jungen Jahren noch zur Zeit. Nach Beginn ihres Er-
wachsenendaseins waren sie sich nur noch selten begegnet
und nach Adalberts Rückkehr aus dem Lande des russischen
Großfürsten gar nicht mehr. In Adalbert zerrte nachhaltig
der Gedanke, dass ihm die damals aufstrebende und mächtig
gewordene Markgrafschaft Brandenburg nicht anstelle Ulrichs zugesprochen worden war. Natürlich kannte er die
Richtlinien einer Erbfolge in herrschenden und besitzenden
Adelskreisen. Er wollte ignorieren, zu keiner Zeit einen Anspruch auf den Thron der Markgrafschaft erheben können,
außer nach besonderen Ereignissen oder Erfordernissen.
Nein, aufgrund seiner narzisstisch geprägten Neigungen waren es Missgunst und von ihm nicht einsehbare Vorstellungen, die seine Seele ständig umschlossen hielten. Ausgleichend auf eine im engen Kreise Ulrichs landespolitische Position hoffte er seit Langem nicht mehr. Er war ein in der
Mark machtpolitisch bedeutungsloser Burg- und Gutsherr
geworden mit dem angeborenen hohen Adelstitel Prinz von
Brandenburg.

Und die Baronin Hiltrud? Sie hatte sich an das untertäni-
ge Leben neben ihrem Gemahl nicht gewöhnt, nahm es aber
klaglos hin. Den Bediensteten war das Verhältnis ihrer Herrschaft untereinander nicht fremd, doch darüber schwiegen
sie sich aus. Hiltrud kümmerte sich, unterstützt von zwei Kö-
chinnen und zwei Mägden, ausnahmslos um eine funktionie-
rende Hauswirtschaft im Bereich des Palas, was nicht hieß,
die Angelegenheiten in der Baronie zu übersehen. Sie misch-

te sich niemals ein, verfolgte aber sehr genau, wie ihr Gemahl seine Verantwortung, die er voll und ganz seinen Vögten überließ, verstand.

Zwischen Hiltrud und Adalbert fand nie ein freundliches, aufatmendes Gespräch statt. Hiltrud gab immer nur eine kurze Antwort, wenn ihr, was selten vorkam, von ihrem Gemahl eine Frage gestellt worden war. Außerhalb der häuslichen Wirtschaft hatte das Sagen ohnehin der Burg- und Gutsherr, aber nie ohne Rücksprache mit seinen Vögten. Diese waren es zuletzt – wie bereits irgendwann zuvor erwähnt –, die notwendige Maßnahmen und Entscheidungen trafen, ohne davon ihren Herrn zu unterrichten.

Hiltrud vermied es möglichst, ihrem Gatten Fragen zu stellen. Sie empfand es jedes Mal sehr genau, dass ihm vor einer Antwort zunächst durch den Kopf ging, ob es sich nicht um eine verfängliche handeln könnte. Diese Empfindung hing ihm nur gegenüber seiner Gemahlin an. Und sie hatte schon vor vielen Jahren erkannt, dass fast jedes an Adalbert gerichtete Anliegen ihm lästig war. Natürlich interessierte es Hiltrud, was ihr Gemahl – in Wirklichkeit die Vögte – gelegentlich veranlassen ließ. Sie nahm es in sich auf, kommentierte es aber nie.

Adalbert empfand sich in seinem Bereich als eine Macht und glaubte, sie zu benutzten, allein um zu erinnern, dass er der Herr war. In Wirklichkeit setzte er sich einer von ihm nicht erkannten Lächerlichkeit aus. Am Ende gaben sich seine Vögte alle Antworten selbst und verfuhren in ihrem Sinne. So war es natürlich, dass sein gutes Verstehen mit den beiden Verwaltern sich immer wieder bestätigte. Stellte er dennoch die eine oder andere Frage, ordnete er die erhaltene Antwort als eine Bestätigung seiner sich zuvor selbst gegebenen ein. Kurz gesagt: Der Burg- und Gutsbetrieb interessierte ihn schon, doch Entscheidungsträger waren seine Vögte.

Für seine Untertanen auf der Burg und jene im Bereich des Gutes war es ein glücklicher Umstand, ihrem Herrn nur selten unter die Augen zu kommen. Er war dafür bekannt, deren Tätigkeiten stets negativ zu kritisieren, wenn er die Gelegenheit dazu hatte. Es war weiter nichts, als den Abhängigen deutlich machen zu wollen, sich über alle Abläufe außerhalb des Palas informiert zu haben. Anschließend bereinigte der Vogt die Wichtigtuerei seines Herrn. Gegenüber seiner Gemahlin verhielt sich Adalbert zurückhaltender, und die Baroness erfuhr ohnehin stets eine bevorzugte Behandlung. Denn das, was er mit Hilfe seiner Tochter zu erreichen gedachte, wollte er nicht durch unwirsches Verhalten ihr gegenüber gefährden.

Bisher, liebe Leserinnen und Leser, war in unseren Ausführungen eine gewisse geistige Überforderung Adalberts zu vermuten, wenn es sich um bestimmte Dinge drehte, die seine wirklichen Absichten nicht nahekamen. Dem Baron war aber ein vermindertes Denkvermögen oder eine Beschränktheit in bestimmter Hinsicht nicht zuzuschreiben. Er verhielt sich und handelte wie alle diejenigen, denen ein der Normalität überdeckender und niemals abzudeckender Narzissmus zuzuschreiben war und ist.

Von den diktatorischen Herrschern vergangener Weltgeschichte ging entweder das Volk beruhigendes Regieren aus, gleichzeitig aber auch Erschreckendes, Bedrohliches. Wiederholt auf den Punkt gebracht handelt der Diktator eines großen Staates wie auch jener in einer kleinen Familie nicht im Sinne der Menschlichkeit, des wahrhaftigen Rechts. Diese, man kann sagen, abartigen Charaktere setzen ihr Geistesvermögen stets zu ihren Gunsten ein und nicht für ihre von ihnen abhängigen Gemeinschaft. Doch bisher ist am Ende jeder Diktator oder jeder Gemeinschaft diktatorischer Gesinnung ein, um es mit einem Wort zu sagen, grausames Ende beschieden worden. Die Geschichte liefert Beispiele zuhauf: Zumeist endete eines Gewaltherrschers Leben vor einem Richtblock kniend, an einem Strick hängend oder auf andere Art und Weise. Doch leider geschah das alles immer erst dann, nachdem solch ein Individuum seinem Volk und auch anderen Völkern Verwüstung, Elend und Tod beschert hatten. Und so lange Menschen die Erde bevölkern, wird sich das nicht ändern.

Sehen wir uns nun wieder mit unserem Thema in der Zeit Anfang des dreizehnten Jahrhunderts in der noch jungen Provinz Brandenburg.

Baronin Hiltrud war sich bewusst, dass ihr Gemahl mit der Geburt ihrer Tochter Irmgard eine fragwürdige Sache vorhatte, mit der sich sein Gehirn seit Langem beschäftigte. Am Ende wurde es ein äußerst langwieriges Vorhaben, dass er zu seinen Gunsten verwirklicht sehen wollte. Seine Gemahlin Hiltrud wusste um sein Sinnen und Trachten nicht nur nach hohem Ansehen und Macht in den Kreisen des Adels in der Mark, aber auch nach Einflussnahmen in der deutschen Nation.

Mittlerweile waren viele Jahre ins Land gegangen, und in Baron Adalberts Gedächtnis nach Plan gespeichertes Vorhaben wartete unverändert geduldig auf Anwendung.

Baronin Hiltrud war sich über die wahrscheinlich unausweichlichen Folgen des Vorhabens ihres Gemahls, mit Tochter Irmgard etwas Besonderes in die Tat umsetzen zu wollen, bewusst. Sie fürchtete aber nicht, aufgrund ihrer Hörigkeit und somit Rechtlosigkeit mit in eine Verantwortung gezogen zu werden für das, was in vollem Umfang nur ihrem Gemahl zuzuschreiben war. Sie glaubte – und was sie beruhigte – fest daran, dass für sie und Irmgard ein Ende ihrer seelenlosen Verbindung mit ihrem Gemahl einem vom Himmel geschickten Segen gleichkomme, wenn Adalberts Vorhaben misslang. Aber was genau beabsichtigte er? Die Baronin erwartete eine sonderbare Sache ihres Gemahls, weihte ihre Tochter aber nicht ein, um irgendwelche Repressalien gegen sie beide nicht aufkommen zu lassen. Das Warten auf das Endergebnis einer Angelegenheit, deren Ablauf sie bis zu irgendeinem Ende nicht einordnen konnte, quälte sie hauptsächlich in der nächtlichen Einsamkeit. Dann wartete sie geduldig, bis die Müdigkeit sie von ihren gedanklichen Qualen erlöste. Es war ein besonderer Trost für sie, einen Schlafraum mit ihrem Gemahl nicht teilen zu müssen.

Hiltruds Alltag unter den Verhältnissen ihrer kleinen hochadligen Familie hatte ihre Psyche nachhaltig beeinträchtigt, aber nicht verzweifeln lassen. Dennoch war ihr einmal der Gedanke gekommen, was es bedeute, wenn sie ihr unseliges Dasein gewaltsam beenden würde. Sie hatte die Frage unbeantwortet gelassen in der Überzeugung, Gottes Willen, sie in seine Welt aufgenommen zu haben und leben zu lassen, nicht missachten zu dürfen. Zudem sei sie verpflichtet, Irmgard, auch diese ein Geschöpf nach Gottes Willen, nicht ohne Mutter auf der Welt zu hinterlassen. Sie Tag und Nacht in ihrer Nähe zu wissen und nicht allein dem Vater zu überlassen, wirkte beruhigend auf ihr Gemüt. Was ihr Dasein darüber hinaus betraf, so war sie nicht befugt, im Bereich von Burg und Gut offizielle, hauptsächlich politische Geschicke beeinflussen zu können. Es war immer ihr Gemahl Adalbert, der entschied, was hell, was dunkel zu sein hatte. In Wahrheit jedoch war er nach allen Erkenntnissen Hiltruds gar nicht in der Lage, in seinem Bereich wichtige Entscheidungen zu treffen. Die von ihm ausgehende, aber nicht nach außen hin erkennbare Wirklichkeit bezog sich seit Jahren auf das sich in ihm festgesetzte Ziel. In Baronin Hiltrud hingegen hatte sich die unbeantwortete stille Frage festgesetzt:

„Warum nur hat mich mein Vater diesem Manne zugeführt? Warum bin ich mit der Verehelichung mit einem Seelenlosen zu einer unterdrückten, rechtlosen Person erniedrigt worden gleich einer Kreatur?"

Baroness Irmgard (in Wahrheit Prinzessin) hatte ihre Entwicklung zur Frau interessiert verfolgt. Heimliche Wünsche, Sehnsüchte, aber auch Ängste, wie wohl in jeder Jungfrau kurz über lang sich ankündigend, kamen wiederholt in ihr auf und verwirrten sie anfangs. Die Baroness durchlebte einen langen sich intensiv steigernden Prozess, von ihrer Mutter einfühlsam begleitet, von ihrer Mutter, die ihre Tochter keinesfalls auf sich allein gestellt wissen wollte. Von seinen sich auferlegten Absichten beherrscht, hatte der Baron seine Tochter in eine nach außen hin männliche Rolle gezwängt. Doch über ihre Seele und ihre Gedanken hatte er keine Macht. Dann kam die nächtliche Stunde, in der er vor dem Angesicht Irmgards sein heimlich geplantes Vorhaben offenbarte. Auslöser war die in der Abendsonne von einem Kurierreiter überbrachte versiegelte schriftliche Forderung seines Bruders Ulrich, die anscheinend keinen Aufschub duldete. Zwar wurde sie von dem überraschten Baron sofort gelesen, dann aber noch zurückgehalten.

Die zwei Torwächter hatten die Zugbrücke abgesenkt, nachdem der Kurier ihnen seinen Besuchsgrund zugerufen hatte. Auf dem Hof sprang der Reiter aus dem Sattel, woraufhin ein Stallknecht mit derber Faust die Zügel des Pferdes übernahm und es an den Brunnen führte. Dort zog er das Sattelzeug ab und begann dann des Rosses Fell trocken zu reiben. Zugleich führte ein zweiter Knecht den Ankömmling ins Innere des Palas, wo ihm ein Hausdiener die Schriftrolle abnahm und sie augenblicklich zu seinem Herrn trug.

Der Empfang der Rolle ließ des Barons Herz schneller schlagen. Aber weitere Empfindungen oder Gefühle kamen in ihm nicht auf. Nur seinen Herzschlag, den konnte er nicht regulieren. Was seines Bruders Botschaft beinhaltete, war ihm bereits bewusst, noch bevor er begann sie aufzurollen. Nach wenigen Atemzügen legte er sie aus der Hand und informierte seine Gemahlin Hiltrud.

Indessen war der Kurier dabei, sich in aller Ruhe am Brunnen zu erfrischen, während zugleich ein Knecht das verschwitzte Pferd trocken rieb. Der Burgvogt, bisher anderweitig in der Feste tätig gewesen, erhielt auf seine Frage nach dem Inhalt der Botschaft des Überbringers Antwort:

„Ich werde mich doch nicht um Kopf und Hals bringen. Denn das hätte ich zu erwarten, wenn ich zu überbringende Botschaften mir aneignen würde." Und nach einem Atemzug ergänzte er lachend: „Lesen kann ich ohnehin nicht."

5. Kapitel

.

Baron Adalbert, an diesem Abend wie üblich in seinem Sessel sitzend, legte die Botschaft seines Bruders Ulrich zurück auf den Tisch, hob das Gesicht und richtete den Blick auf die Eingangstür, vor der sich draußen auf dem Gang der alte Diener aufhielt, gewärtig, zum zweiten Mal zu seiner Herrschaft gerufen zu werden. Solch ein Ruf drang nun zu ihm heraus. Augenblicklich stand er von seiner Bank auf und betrat nach drei Schritten das Kaminzimmer. Mit gehörigem Abstand verbeugte er sich vor seinem Gebieter.

„So geh und melde meinem Sohn", befahl der Baron, „dass ich ihn zu sprechen wünsche. Und du begibst dich danach auf dein Lager, wo du dich bereithältst, falls ich nochmals nach dir rufen muss."

Der alte Mann, im Kopf die ihn erschreckende Frage, was sein Herr in dieser Nacht beabsichtige, schlurfte davon.

Bald darauf trat ein junger Mensch von edler Erscheinung und erhobenem ebenmäßigem Antlitz vor Baron und Baronin. Sein leicht gewelltes, bis auf die Schultern fließendes Blondhaar glänzte im zitternden Lichtschein der Kerzen silbern und golden.

Der Baron deutete mit der Rechten auf einen hölzernen Sessel vor dem Tischchen, auf dem ausgebreitet die Schriftrolle mit gebrochenem Siegel lag. Der Gerufene setzte sich, und der Baron sprach ihn umgehend an:

„Meine Tochter ..."

Doch zugleich gab der junge Mensch, ungewollt dem Baron ins Wort gefallen, mit heller Stimme von sich:

Die Holtenburg zu nächtlicher Stunde,
in der sich Baron Adalbert offenbarte

„Mein Vater, Ihr wünscht mich zu sprechen. Es ist weit nach Sonnenuntergang, so wird es wohl wichtig sein."

„Ja, meine Tochter. Es ist eine Sache anzugehen, die keinen Aufschub gestattet. Also höre mir aufmerksam zu:

In diesem Augenblick ist es unbedingt erforderlich, dir das Geheimnis, das dir in deinem bisherigen Leben verborgen blieb, nun zu offenbaren. Mir war seit jeher bewusst, dass dich eine Sache beschäftigt, über die ich mit dir nie in aller Ausführlichkeit sprechen konnte, nämlich, was es in Wahrheit mit der Verdrehung deines Geschlechts seit deiner Geburt auf sich hat. So wisse denn, dass die Sache ihren Ursprung in den Dingen hat, die ich dir nun enthüllen werde."

Der Baron unterbrach sich und räusperte heftig. Danach trug er Irmgard auf, ihm ein Krug Wasser zu besorgen und sich zu vergewissern, dass sich draußen im Bereich der Tür niemand aufhalte. Und er fügte hinzu: „Meinen Diener schickte ich in seine Unterkunft. Ich kann es nicht dulden, in dieser Stunde lauschende Ohren vor unserer Tür zu wissen. Was kommt, geht in unserem Bereich bald jedermann in die Ohren."

Nicht lange, und Irmgard kam mit einem Krug und einem Becher zurück, stellte beides auf den Tisch vor ihrem Vater ab und nahm dann ihren Platz wieder ein. Sie blickte sich um und gewahrte erst jetzt das bleiche Gesicht ihrer Mutter, die abseits vom Kamin und wie erstarrt in einem Sessel saß, den starren Blick vor sich auf den Boden gerichtet. Irmgard fühlte sich wie gelähmt in den Gliedern, spürte, wie ihr Herz heftiger zu schlagen begann. Bereits nach ihres Vaters Auftrag, ihm einen Becher Wasser zu besorgen, war ihr schnell in den Sinn gekommen, dass dieser mitternächtliche Termin nur mit ihr und ihrer Zukunft zu tun haben könne. Zudem war die Haltung ihrer Mutter eine sichere Bestätigung.

Des Barons Luftröhre schien inzwischen wieder frei zu sein, er nahm dennoch einige Schluck Wasser zu sich, hustete noch einmal kurz auf und sprach dann mit gedämpfter, aber mit erkennbarer Hektik in der Stimme:

„Mein älterer Bruder Ulrich ist, wie dir bekannt, Markgraf und Königliche Hoheit der Mark Brandenburg. Unser Vater hatte, bevor er sich auf sein Sterbebett legte, verfügt, dass die normale Erbfolge Gültigkeit hat, wenn ein männlicher Nachkomme vorhanden ist. Sollte Ulrichs Gemahlin weder einen Sohn noch eine Tochter zur Welt gebracht haben, hingegen deine Mutter einen Sohn, dann hätte dieser unser Sohn Anspruch auf den Thron von Brandenburg. Und mein Vater hatte weiter hinterlassen, wenn keiner einen Sohn, sondern jeweils nur eine Tochter haben sollte, gehe die Erbfolge auf Ulrichs Tochter über, vorausgesetzt, sie bliebe bis dahin unbefleckt. Diese Regelung der Thronnachfolge trifft aber niemals für meine Tochter zu. Du wirst erkennen können, was das für uns bedeutet. Hätte deine Mutter statt dich einen Sohn geboren, dann wäre dieser der Nachfolger auf dem Thron von Brandenburg geworden. Für mich galt dann später, als ersichtlich geworden war, dass deine Mutter keinen Sohn, überhaupt kein Kind mehr gebären konnte, etwas unternehmen zu müssen, damit der Thronfolger aus meiner Familie kommt. Also musste ich weise vorausschauend und in aller Heimlichkeit dafür sorgen, dass von mir die Sache zu unseren Gunsten geregelt wird. Ich begann aber nicht später, sondern sofort nach deiner Geburt, meine Planung genau zu überdenken und zu bearbeiten. Aber nun Schluss mit langen Erklärungen und kurz ergänzt: In meiner weisen Voraussicht sorgte ich dafür, dass sich Ulrichs erwachsene Tochter befleckte und dadurch ihren Thronanspruch verlor. Die Bestimmung sagt nämlich – ich wiederhole es deutlich –, dass diese Regelung dann zutrifft, wenn deine Mutter statt einer Tochter einen Sohn zur Welt gebracht hätte und dieser als Nachfolger meines Bruders Ulrich infrage kam.“

Mit einem erneuten, aber nur kurz anhaltenden Räuspern unterbrach sich der Baron und fuhr gleich darauf fort mit den Worten:

„Du schaust mich mit großen, fragenden Augen an, mein Kind. Konntest du mir folgen? Hast du begriffen, was ich vortrug?“

„Ja, mein Vater, sprecht nur weiter“, antwortete Irmgard mit zitternder Stimme, den Blick gesenkt.

„Das will ich“, sagte der Baron in einer Lautstärke, die Hektik verriet. „Und so kam es, dass ich und meine alte Frau hier, also deine Mutter, inbrünstig dafür beteten, mit einem Sohn gesegnet zu werden. Unsere Gebete wurden aber nicht erhört, was uns sehr verzweifelte. Anstatt eines Sohnes bist du auf die Welt gekommen – eine Tochter! Ich musste erleben, wie mir der erwartete große Preis aus den Händen geglitten war, wie ein teuflischer Traum zerplatzt ist. Meine Enttäuschung legte ich aber schnell ab, hing stattdessen schnell aufgekommenen Hoffnungen nach, die sich unauflöslich in meinem Kopf verfestigten. Die Jahre vergingen, aber meines Bruders Gemahlin gebar wie deine Mutter keinen männlichen Erben. Die Tochter wurde getauft auf den Namen Constanze. Somit stand am Ende fest, dass sie, weniger als zwei Jahre älter als du als Nachfolgerin auf dem Thron anzusehen war. Das also wäre heute die unabänderliche staatsrelevante Entwicklung, wenn mir nicht eingefallen wäre, Einfluss auf die spätere Endsituation zu nehmen. Es drängte sich der Wille in mir, dafür zu sorgen, letzten Endes *dich* auf dem Thron von Brandenburg zu sehen. Noch ist nichts verloren, sagte ich mir, noch lange nicht, nur dann, wenn Ulrichs Gemahlin nach Tochter Constanze doch noch einen Knaben zur Welt brächte. Aber daran war nicht mehr zu denken. Es war für die Markgräfin zu spät – oder für meines Bruders Fähigkeit ..." Der Baron lachte erschreckend laut auf, fuhr dann abrupt gemäßigter fort:

„Wenn lange über etwas gegrübelt wird, fällt einem auch die eine und andere Möglichkeit ein, die zu eigenem Vorteil gereicht. Und mir fiel etwas ein, ja bereits vor der Zeit deiner Geburt. Man muss eben an alles Mögliche und Unmögliche denken, was mir natürlich nie schwerfällt. Aber weiter: Ich hatte gehofft, deine Mutter bringe einen Knaben auf die Welt. Doch auch das hätte mich nicht weitergebracht. Denn meines Bruders Tochter Constanze wäre immer noch im Vorteil gewesen, da es in der direkten Familie eines Herrschers möglich ist, auch die eigene Tochter als Thronfolgerin zu bestimmen. Wenn lange über etwas gegrübelt wird, fällt einem das eine wie auch das andere ein, was zu eigenem Vorteil gereicht. Und mir fiel etwas ein, ja bereits vor der Zeit deiner Geburt, womit ich mich dann lange und ausführlich befasste. Es war die geheime Frage, was ich unternehmen könne, um dennoch die Besetzung des Thrones für dich, meine Tochter, sicherzustellen. Dank meiner hohen Denkfähigkeit verankerte ich mein Vorhaben in meinem Kopf und wartete auf die Stunde deiner Geburt. Als sie gekommen war, legte eine der beiden Geburtshelferinnen dich in die Arme deiner Mutter. Nun, du wurdest um Mitternacht geboren. Die beiden Geburtshelferinnen hatten natürlich sofort wahrgenommen, dass du nicht als Knabe auf die Welt gekommen bist. Aber Schluss jetzt. Ich will nicht zu weit ausholen.

Nach etwa zwei Stunden stieg ich mit den Helferinnen unter irgendeinem Vorwand und nacheinander in ein Gewölbe unter diesem Gebäude und brachte sie um. Auf welche Weise ich die Toten dann am Morgen verschwinden ließ, muss ich nicht offenlegen und spielt auch keine Rolle mehr. Und deine Mutter hier kann dazu ohnehin nichts sagen, sie war nach dem Geburtsvorgang mehr tot als lebendig. Nach der Entsorgung der beiden Geburtshelferinnen ließ ich eine alte Magd, welche sich in der Kind- und Mutterpflege auskannte, vom Gut heraufkommen. Die Alte war, damals allgemein bekannt, nicht ganz klar im Kopf. Für mich aber war wichtig, dass sie ihre Hilfsbereitschaft und ihr Wissen besonders bei Geburten anzuwenden wusste." Beim letzten Wort blickte er zur Seite auf seine reglos dasitzende Gemahlin und sagte:

„Du wirst dich an die Alte gewiss erinnern können, nicht wahr?"

Eine Antwort wartete er nicht ab und fuhr fort: „Die Alte stellte nie Fragen, weil es ihr besondere Mühe bereitete, Worte zu finden und richtig aneinanderzureihen. Sie machte sich vornehmlich mit Gesten verständlich. Jedenfalls kümmerte sie sich zufriedenstellend um dich und deine Mutter. Das war der Grund, sie nicht wieder auf das Gut zurückzuschicken. Kurz vor deinem ersten Geburtstag starb sie hier auf dem Hof. Damit war ich auch diese um dein Geschlecht wissende Alte los."

Jetzt wandte er sich seiner Gattin zu, wollte, wie es schien, ihr etwas sagen, ließ es aber sein. Stattdessen richtete er den Blick wieder auf seine Tochter und sprach weiter auf sie ein:

„Vier Tage nach deiner Geburt, nachdem die Kindfrau mir meldete, dass du gesundheitlich stabil bist, spielte die ganze Baronie verrückt. Ich hatte verkünden lassen, dass ihre Herrin einen Knaben und somit einen Prinz von Brandenburg auf die Welt gebracht hat. Alle hier auf der Burg sangen, tanzten und lachten wie auch, was ich etwas später erfuhr, jene unten im Bereich des Gutes. Sie waren außer sich, denn es ist allgemein bekannt, dass Prinzen oder Prinzessinnen zu den Thronfolgern gezählt werden. Aber weiter nun: Eineinhalb Jahre vor deiner Geburt war meines Bruders Tochter Constanze geboren worden. Mit meiner schnellen öffentlichen Bekanntmachung von der Geburt eines Sohnes, der du hast sein sollen, hoffte ich für meines Bruders Tochter Constanze inständig auf das wohltätige Werk der Masern, auf Heilkundige, auf Quacksalber und andere natürlichen Feinde der Kindheit. Denn nur besondere, leider von mir nicht zu beeinflussende Umstände konnten meine Pläne – zumindest meine vorerst wichtigste Planung – leicht durchkreuzen. Und so war es mit der Geburt der Tochter Ulrichs auch gekommen. Vorerst! Es gibt eben Vorgänge, die auch ich nicht rückgängig machen kann, sobald sie einmal unwiderruflich Realität geworden sind." Zu diesen Worten war sein Blick auf seine Tochter gerichtet: „Du, Irmgard", sprach er weiter, „bist nicht als der von mir ersehnte Sohn geboren worden. Und Ulrichs Tochter Constanze? Sie, vorweg gesagt, lebt und gedeiht gleichzeitig. Ich habe an sich nichts dagegen einzuwenden, dass sie geboren worden ist, ob als weiblicher oder männlicher Mensch. Ich hätte allerdings am liebsten vermerkt, wenn sie nicht geboren worden wäre. Aber es war geschehen, und ich erhoffte, wie zuvor gesagt, alle Plagen des Himmels über sie. Vergeblich. Constanze wäre, sollte mein Bruder nicht doch noch mit einem Sohn bedacht werden, die Thronfolgerin geworden. Also begann ich, meine bisherige Planung entsprechend der nun einmal feststehenden Tatsachen anzupassen. Es entstand nun in meinem Hirn ein endgültiger Plan, an dem ich mich bis zu seiner Erfüllung und meiner Zufriedenheit festzuhalten gedachte. Aufgeben und dem Schicksal seinen Lauf zu lassen, das wäre mir nicht in den Sinn gekommen, denn das Schicksal bin ich und verfüge über es nach Bedarf", prahlte er. Er machte eine nicht zu deutende Handbewegung und sprach mit beruhigter Stimme weiter: „Um mein Ziel zu erreichen, das wusste ich sehr genau, bot sich mir umgehend eine Möglichkeit an. Und diese, man kann auch sagen Erhellung, wende ich nun an."

Nach diesen Worten hob der Baron das Gesicht und betrachtete seine Tochter mit starrem Blick, als müsse er irgendeine Einschätzung vornehmen. Irmgard jedoch schaute

wie versonnen, eher wie traumatisiert vor sich auf die Fuß-
bodendielen. Doch dann schreckte ein Auflachen sie hoch,
und sie hörte die befehlsartigen Worte:

„Es gibt keinen Grund, sich zu grämen, ganz im Gegenteil!" Der Baron richtete sich im Oberkörper auf und rief wie
provozierend hinzu: „Haben wir hier nicht einen Sohn? Und
ist er somit nicht der künftige Markgraf von Brandenburg im
Falle, dass Ulrichs Tochter Constanze den Thron verfehlen
sollte?"

Erneut folgte ein hässliches Auflachen mit gleich darauf
des Barons Versprechen: „Ich bin mir sicher, sie wird ihn
nicht besetzen!"

Eine kurze Pause der Stille trat ein, eine unheimlich wir-
kende Stille. Doch einige Sekunden später wurde es wieder
laut. „Unser *Konrad* ...!", rief Adalbert aus. „Jedermann, ob
auf der Burg des Markgrafen oder im ganzen Land, weiß um
deinen Namen, auch wenn nur die wenigsten Menschen in
der Mark dich jemals zu Gesicht bekommen haben. Und es
ist auch nicht neu, dass, wenn eine normale Erbfolge reißen
sollte, die Einnahme des Throns von Brandenburg eine andere Reihenfolge erfährt." Erneut ließ er sein widerliches
Auflachen vernehmen. „Und die Erbfolge wird reißen!", rief
er wie jemand, dessen Erwartungen nicht zu ändern sind.
Und somit ergänzte er: „Nach meines Bruders Ableben wird
der Thron nach meinen Willen besetzt werden. Und den
Thron wirst du einnehmen, unser Kind Irmgard, inzwischen
Frau von bald achtzehn Jahren. Du warst und bist weiterhin
Konrad! Und beachte zukünftig gegenüber jedermann, dass
kein anderer Name als dieser dir jemals gegeben worden ist.
Erfreulicherweise musstest du hier wie auch außerhalb nicht
namentlich angesprochen werden. Aber das ist ja nicht neu

für dich. Gewiss nur wenige in unserer Mark wissen um dein Dasein, haben dank meiner Weisheit und Weitsicht nie dein wahres Geschlecht erfahren. Und niemand außerhalb unserer Gemächer sprach dich mit deinem richtigen Namen an. Denn gemäß unseres Standes wirst du unabhängig deines Geschlechts mit *Königliche Hoheit* angesprochen, was sich auch nicht ändert, wenn du Markgräfin von Brandenburg geworden bist. Und die Fürsten der deutschen Nation werden dich nach Ulrichs Abdankung zum Kurfürsten wählen. Und deine Bartlosigkeit? Sie kann damit erklärt werden, dass dieser Entwicklungsfehler auf keine Krankheit zurückzuführen ist. Außerdem wirst du dafür sorgen, stets ein rasiertes glattes Gesicht zu zeigen. Es steht nirgendwo geschrieben, ein Landesfürst oder sonst jemand sei verpflichtet, einen Vollbart wachsen zu lassen. Und was deine Stimme betrifft, so hat sie, worauf du stolz sein kannst, einen angenehm eher dunklen Klang. Und zuletzt und insgesamt gesehen wird deine hohe, kräftige Gestalt für keine Verdächtigungen sorgen."

Adalbert hustete heftig, nahm einige Schluck Wasser zu sich und näherte sich dann dem Ende seiner Ausführungen:

„Nun ist es endlich so weit, und darauf wartete ich viele Jahre, dass meinem Bruder mit fortschreitendem Alter eine sich steigernde Unpässlichkeit quält. Die Folge ist, er wird immer schwächer. Die Sorgen um sein Land und seine Nachfolge beeinträchtigen zusätzlich sein Gehirn, sein ganzes Denken. So stelle ich es mir jedenfalls vor, und was ich mir vorstelle, ist auch so und nur von mir änderbar. Woher ich die Informationen über den gesundheitlichen Zustand meines Bruders erhielt? Ja, wer bin ich denn? Als Prinz von Brandenburg kann ich wichtige Angelegenheiten immer erfahren. Wie das vor sich geht ...? – Hat das jemand zu interessieren? Ich will es mir nicht leisten, mich mit langwierigen Ansagen und Erklärungen aufzuhalten. Ich mache jetzt kurz deutlich, was hier vor sich ging und was ich anzuordnen habe. Vorhin, also noch vor Sonnenuntergang, ließ der Torwächter die Zugbrücke herunter und ließ des Markgrafen Kurier einreiten. Der übergab der Wache unten vor dem Hauseingang eine Schriftrolle, die er mir hier oben sofort überbrachte."

Adalbert stieß mit dem Finger auf das aufgerollte Schriftstück vor sich auf dem Tisch, schaute auf seine Tochter und verkündete:

„Um was es sich dreht in diesem Schriftstück brachte ich oberflächlich bereits zum Ausdruck und bereitete dich damit auf das, was auf dich zukommen wird, vor. Mein Bruder will dich schnellstens empfangen, um dich in die Würde eines Markgrafen einarbeiten zu lassen, zunächst nach Lage der Dinge formalrechtlich. Es wird ein schwerwiegender Grund vorliegen", brachte Adalbert mit einem kurzen Auflachen vor, „ein schwerwiegender Grund, seiner Tochter Constanze die Thronfolge zu verweigern." Der Baron lehnte sich vor, legte überlegen grinsend eine Atempause ein und gab dann weiter von sich: „Ich kann mir den Grund nicht nur denken, ich weiß ihn sogar." Er unterstrich auch diese Offenbarung mit einem heiseren Auflachen. „Aber über diese Sache, meine Tochter, die du an Ort und Stelle genauestens erfahren wirst, musst du dir nicht den Kopf zerbrechen. Alles wird für dich geregelt. Und ich ordne an, um meines Bruders Wunsch zu erfüllen, dass du dich morgen früh auf den Weg in die Feste Brandenburg begibst." Er hielt inne, räusperte sich und trank den Rest seines Wassers. Dann fuhr er fort: „Ich lasse sofort den Gutsvogt benachrichtigen, dass er die erforderlichen Rosse in vollem Geschirr am frühen Morgen hier auf dem Hof abliefert. Dazu vier Knechte zu Fuß, die neben vier unserer bewaffneten Söldner den Zug nach Brandenburg begleiten sollen. Und da ich schon am Anordnen bin", wandte er sich Irmgard zu: „Zwei Söldner sollen vor dir reiten, zwei und die vier Knechte den Schluss bilden. Während du dich für den Ritt rüstest, wird sich deine Begleitung hier auf dem Hofe für den Marsch vorbereiten. Ich denke, du übernimmst die Stute deiner Mutter. Du kennst das Ross gut, hast es ja schon oft geritten ..."

Erneut unterbrach sich der Baron, ließ den Hausdiener kommen und beauftragte ihn, sofort ein Kaltblut zu satteln, um dem Gutsvogt zu überbringen, was der veranlassen soll.

Erst während seiner letzten Worte schien er die ungesunde Blässe auf dem Antlitz seiner Tochter erkannt zu haben, sowie ein unübersehbar leichtes Zittern um ihren Mund. Zuvor hatte er sich, innerlich erregt, auf das konzentriert, was er in dieser Stunde von sich geben wollte. Nun bot er seiner Tochter an: „Es ist wohl angebracht, dass du dir einen Becher Wasser einforderst."

„Das wird nicht nötig sein, mein Vater, mir ist die Kehle wie zugeschnürt."

„Nun ja, nun ja, meine Tochter. Ich werde auch gleich zum Schluss meiner Ausführungen kommen, denn die Zeit drängt. Ich muss dir nur noch die wichtigsten Verhaltensregeln diktieren, die du dir einzuprägen hast und bei Hofe Ulrichs unbedingt beherzigen musst. Also höre mir mit größter Aufmerksamkeit zu und merke dir meine Worte, beginnend damit, dass es in deutschen Landen ein Gesetz gibt, das älter ist als das Heilige Römische Reich. Es besagt, dass ein Anwärter oder eine Anwärterin auf den Thron sterben muss, wenn er oder sie sich auch nur einen Augenblick auf den Thron setzt, bevor er oder sie in Gegenwart der Vornehmen der Grafschaft rechtsgültig gekrönt worden ist. Aber denke nicht daran, denn solch ein Vorfall ist in der Mark noch nie vermerkt worden. Beachte trotzdem meine Worte. Und vergiss nicht meine Empfehlungen. Gib dich bei Hofe demütig, aber nicht unterwürfig gegenüber Personen, die niedrigeren Standes sind, und das werden bald alle bei Hofe sein. Verkünde deine Entscheidungen, falls erforderlich, aber noch nicht gekrönt, vom Sitz des Ersten Ministerialen aus oder von sonst wo. Der Platz des Ersten Ministerialen, ist immer seitlich am Fuße des Thrones. Man kann auch sagen, der Mann ist der wichtigste Berater des Markgrafen, hat aber ansonst wenig Befugnisse. Aber das musst du dir nicht merken, das alles ist und wird von den Hofdienern geregelt. Du musst nur beherzigen, was für dich angeordnet wird. Dazu gesagt, es ist unwahrscheinlich, dass dein wahres Geschlecht entdeckt wird, wenn du nicht selbst dafür sorgst." Er unterbrach sich mit einem weiteren Auflachen und tönte:

„Es zeugt von Weisheit, wenn in allen Zeiten alles so gut wie möglich gegen Übeltäter jeglicher Art abgesichert wird."

Baroness Irmgard war nach den Willen des Vaters von nun an auch in den Gemächern der Familie Sohn und Prinz *Konrad.*

Irmgard atmete heftig, ihr blasses Antlitz strahlte unnatürlich im Schein der Kerzenflammen. Ihre Lippen bewegten sich zuckend, als wollten sie Worte formen, die das junge Geschöpf angesichts dessen, was sie gewissermaßen in langen Augenblicken erfahren und hat aufnehmen müssen, was sie nur schwer zu verkraften wusste. Doch plötzlich straffte sie sich und brachte mit hektischer Stimme vor:

„O mein Vater, ist aus diesem Grunde mein Leben eine Lüge gewesen? Ich soll die Rechte meiner unschuldigen Base Constanze rauben? – Mein Vater, verschont euer Kind!" In ihren Augen glänzten plötzlich Tränen, die gleich darauf wie Perlen in ihren Schoß fielen. So, wie das bleiche Antlitz der Tochter, so war es das Rot des Zorns, das des Barons Gesichtszüge ins rechte Licht rückte. Doch Adalbert beherrschte sich schnell und gab nur eine scharf gesprochene Antwort von sich:

„Was soll der Quatsch? Sind deine Worte, ist dein Verhalten der Dank für das erhabene Glück, das mein Gehirn für dich schuf? Bei den Gebeinen meines Vaters: Deine Gefühlsduselei schlägt sich mir auf den Magen! Bereite dich vor und begib dich zum Markgrafen von Brandenburg! Und überlege dir gut, wie du mit meinen Absichten verfährst. Habe ich viele Jahre auf meine absolute Hochstellung in unserem Land und im Reich gewartet, um letzten Endes und in wenigen Augenblicken alles vergessen zu lassen, weil es meiner Tochter, dem Thronfolger und zukünftigen Markgrafen *Konrad* nicht gefällt? Nutze die restlichen Nachtstunden, um dich vorzubereiten. Nutze sie auch zu überdenken, welche Macht dir auf dem Thron gegeben sein wird. Und ich werde dafür sorgen, dass es dir an fähigen Beratern nicht mangeln wird. Denn ich werde dann Erster Minister neben deinem Thron, merke auf, nicht *Erster Ministerialer*! Der Mann kann trotzdem bleiben."

Irmgard erhob sich wie unter Schmerzen und wollte den Raum verlassen. Aber bevor sie die Tür erreichte, trat überraschend schnell ihre Mutter an ihre Seite und ergriff ihre Hand. Gleichzeitig ließ sich der Baron ärgerlich vernehmen, wobei er sich erhob, aber schnell wieder im Sessel versank:

„Frau, du hältst dich heraus aus der Angelegenheit. Dränge unsere Tochter, ihr Gemach aufzusuchen und sich vorzubereiten. Sie allein muss mit der Sache fertig werden und bedenken, nur einmal in ihrem Leben ein Markgraf zu werden. Mit meinem Vorausdenken, mit meiner nicht zu überbietenden Umsicht wird Irmgard den Thron von Brandenburg besetzen, nämlich als Markgraf *Konrad.*"

In der Baronin schien sich augenblicklich eine Wandlung vollzogen zu haben. Sie gab Irmgard nicht frei, zog sie fester an sich, wandte ihr Gesicht ihrem Gatten zu, schaute ihm verachtend in die Augen und sagte mit Worten, deren ungewöhnliche, nie jemals hervorgebrachte Schärfe ihren Gemahl irritiert hatte, ja erschreckte:

„Viele Jahre musste ich mit der Lüge leben, einen Sohn geboren zu haben", begann sie mit scharf gesprochenen Worten, die sie beibehielt bis zum Ende ihrer Anklage, „viele Jahre deine Eifersucht gegenüber deinem Bruder ertragen müssen. Das Martyrium, das du mir und Irmgard auferlegtest, hätte mehrmals gereicht, sich von diesem Leben zu verabschieden, um dem seelischen Elend zu entfliehen. Ich mache mir nicht den Vorwurf, die ganzen Jahre schweigend über Irmgard und mich habe ergehen lassen. Ich hätte vor Jahren, als das Mädchen begann, sich Gedanken über ihr Geschlecht zu machen, an die Hand nehmen und diese Burg verlassen müssen, dieses ganze trübsinnige Gemäuer am Ende der Mark. Doch wohin hätten wir uns wenden sollen? Der ehemalige Hof meines Vaters war in fremde Hände gekommen. Wären wir in einem Kloster willkommen gewesen? Und dann ...? Sollte ich Irmgard es antun, vielleicht bis an ihr Lebensende als Nonne zu wirken? Nein, ich wollte sie als

Frau leben sehen und nicht im Sinne eines Klosters. Trotz deiner Ankündigungen bleibt in mir die Hoffnung, irgendwann mein Kind als meine Tochter wieder voll und ganz erkennen zu dürfen und sie glücklich zu wissen. Was könnte für mich dann wohl segensreicher sein, als in Ruhe und Frieden zu sterben? Und nun kannst du, mein Herr und Gebieter, mich umbringen wie damals die beiden Geburtshelferinnen Irmgards, und wahrscheinlich auch deinen Informanten, der dafür sorgte, dass Constanze mit ihrem Kind auf den Thron von Brandenburg verzichten muss? Fürchtest du nicht, dieser gottlose Mann und Schänder Constanzes könnte dir mit seinem Wissen gefährlich werden? Es sollte Irmgard und mich nicht kümmern. Mit mir und schon gar nicht mit unserer Tochter könntest du wie ein heimlicher Wegelagerer nicht verfahren, denn das würde auch für dich das Ende bedeuten. Du liebst die rücksichtslose Macht, das dafür rücksichtslose Durchsetzen deiner Begierden mit der Hilfe Wesensgleicher. Du liebst die zur Schau gestellte Eitelkeit, die hier auf deinem Grund und Boden niemanden interessiert. Du bist seit deiner Jugend nicht einmal in der Lage gewesen, dich am Hofe und in der Mark zu beweisen. Du bist Zeit deines Lebens auf Dinge gekommen, die nur einem dauerhaft veränderten Hirn zuzuordnen sind. Und Mitleid und Trauer? Sie waren und sind für dich fremde Begriffe wie auch Liebe, Offenheit und Vertrauen. Du bist im Grunde genommen bedauernswert, im gleichen Maße wie Irmgard und ich es sind. Leider konnten wir unser Leben, unser Dasein als Hörige nicht ändern. Wir hatten uns nach unserem hohen Gebieter zu richten, der dafür sorgte und noch sorgt, dass unser Leben kein bisschen Angenehmes erfahren durfte und darf."

Heftig atmend und mit Herzklopfen wandte sich die Baronin im Gefühl erlösender Genugtuung ab. Es war die längste und deutlichste von ihr jemals vorgebrachte Verlautbarung.

Die Tür öffnend, dabei einen kurzen Blick zurück auf ihren Gemahl werfend, führte sie die leise weinende Irmgard in ihr Gemach.

Der regelrecht stumm geschaltete Baron kam sich vor, als wäre er aus der Wirklichkeit geworfen worden. Er rang mit sich, versuchte gar nicht erst zu reagieren, zu antworten. Hätte er überhaupt eine Antwort finden können? Mit Sicherheit nur eine ihm dienliche. Jemand, der vom Narzissmus beherrscht wird, kann seine angeborene Veranlagung niemals ändern. Er wird sich immer im Recht sehen und fühlen, selbst dann, wenn er mit seinem Unrecht sicht- oder hörbar konfrontiert wird. Und ihre Seele? Sie ist nur für Adalberts Ichbezogenheit eingerichtet und lässt sich nicht ändern.

Die Baronin blieb bei ihrer Tochter und half ihr, persönliche Dinge zusammenzustellen und so zu verpacken, dass sie von den Begleitpferden problemlos mitzuführen waren. Und sie legte Bekleidung und Ausstattungsdinge zurecht, die Irmgard bis ins Ziel Brandenburg tragen sollte.

In diesen für Irmgard letzten verbleibenden Nachtstunden auf der Holtenburg war die Anwesenheit und Seelenhilfe der Mutter für sie ein tief empfundener Trost. Und die Baronin hob zudem eindringlich hervor, dass in naher Zukunft nicht nur auf ihren Vater Unannehmlichkeiten zukommen werden, auch sie, Tochter Irmgard, sei betroffen. Denn eines nicht mehr fernen Tages komme unabdingbar ihr wahres Geschlecht ans Tageslicht. Unser Herrgott lasse sich nicht täuschen, übersehe kein Unrecht. Die Weltgeschichte beweise seid Anbeginn, dass es niemals ungesühnt bleibt.

Die Baronin riet ihrer Tochter, sich unbedingt seelischer Stärke zu befleißigen: „Wehre dich standhaft gegen des Teufels Angriffe. Er wird am Ende den Kürzeren gezogen haben!" Denn nicht sie, erklärte sie dazu, habe am Ende die ganze Sache zu verantworten, sondern ihr Vater, der letztlich des Teufels Opfer sein wird. Und sie könne als sichere Hilfe auf des Oheims und Markgrafen Ulrichs Gerechtigkeitssinn hoffen, so lange er lebe. Wie es auch kommen werde, nicht der Weg Irmgards führe in den Abgrund, sondern der Weg Adalberts, des teuflischen Vaters, Barons und Prinzen von Brandenburg.

6. Kapitel

Als die Nacht der Morgendämmerung gewichen war, formierte sich auf dem Burghof der Reitertrupp zum Abmarsch. Vor Irmgard bildeten nebeneinander reitend zwei Söldner die Spitze des Trupps, und hinter der Baroness ein ansehnlich zurechtgemachter Knecht mit einem in hellgrau gehaltenem Barett auf dem Kopf. Der junge Mann fungierte als Diener und trug den mit einem niedrigen blauen Federbusch bestückten silbern glänzenden Helm seines Herrn im Arm. Für diesen Ritt hatte sich Irmgard ein blaues Barett aufgesetzt, der Rand rot und weiß bestickt, rechtsseitig zwei herabhängende weiße Federn. Blau stand für Männlichkeit, und männlich sollte Irmgard ja sein. Den Schluss hinter dem Diener bildeten vier Söldner und zuletzt zwei Knechte. Die vier Krieger hatten sich herausgeputzt wie lange nicht mehr, genau gesagt, wie noch nie. Wams und Beinkleider waren bei allen Begleitern in den Farben der Baronie gehalten: linksseitig blau, rechtsseitig rot. Über dem Wams trugen sie einen schlichten, aber glänzenden Brustpanzer und auf dem Kopf einen schmucklosen, aber nicht minder blitzenden Helm ohne Visier oder Nasenschutz. An ihrer ledernen Umgürtung hing das Kurzschwert. Und als besonderen Blickfang steckte in einer kleinen Halterung am linken Steigbügel eines jeden senkrecht eine Lanze, festgehalten von einer Lederschnur, die unterhalb des Sattelknaufs befestigt war. Und damit der Anblick dieser kleinen Gruppe noch prächtiger auf Betrachter wirken sollte, flatterte unterhalb jeder Lanzenspitze ein in den Wappenfarben der Baronie gehaltener Wimpel.

Für diesen Ritt hatten sich die begleitenden Söldner nicht zusätzlich mit Schild, Pfeil und Bogen belastet, denn sie erwarteten keine kriegerische Begegnung. Die Männer waren sichtlich stolz, ihre beste, gründlich geputzte Ausstattung angelegt zu haben. Für die Söldner wie auch Knechte sollte es ein besonderes Ereignis werden, parademäßig die Burg des Markgrafen zu erreichen. Und die Baroness, für jedermann in ihrem kleinen Umfeld der junge Herr? Ja, äußerlich war sie eindeutig der inzwischen erwachsen gewordene Herr, hochgewachsen, unter dem Barett ein schönes, gleichmäßig geformtes Antlitz, das an diesem frühen Morgen keine freundlichen, stattdessen ernste Züge aufwies.

Jetzt saß dieser gerade erwachsen gewordene Mensch in einem hellbraunen Ledersattel, der festgezurrt auf einer in Rot und Blau gehaltenen samtenen Schabracke lag. Auffällig war Irmgards bis weit über die Knie reichender, vorn und hinten geteilter überlappender Reitrock aus feinem Rehleder, aus gleichem Material die Beinlinge und das Wams. Dieses lag wie eine Weste über einem weißen Leinenhemd mit gerafften Ärmeln und einem Rüschenkragen, der den Hals der Baroness umschmeichelte. Den leichten, hochglänzenden Harnisch auf dem Wams zierte auf der Brustmitte eine handgroße erhaben aufgebrachte matt silberne Lilie. Und zu guter Letzt fehlte auch nicht ein fein gewebter hellgrauer Mantel, Form und Halt gebend mit einer unterhalb des Halses von Schulter zu Schulter reichenden silbernen Kette. Diese wiederum wurde gespannt gehalten von einer jeweils auf den Schulterenden angebrachten ebenfalls silbernen Rosette. Der Mantel, die vornehme Erscheinung von Ross und Reiter verstärkend, fiel bis über das Hinterteil der Stute hinunter. Solch ein Mantel von erlesenem Stoff, in diesem Fall umrandet mit einer in rot und blau bestickten Borte, verriet Außenstehenden die adlige Herkunft des Trägers oder der Trägerin.

Der Reitertrupp verließ durch das Tor und über die Zugbrücke die Burg. Und bevor der dunkle Waldweg ihn aufnahm, drehte sich Irmgard in dem Augenblick um, als nach dem Herunterlassen des eisernen Gattertores die Brücke hochgezogen wurde. Dann wandte sie sich wieder nach vorn, Zweifel und Trauer im Herzen.

Baronin Hiltrud hatte darauf verzichtet, den Abmarsch auf dem Hof zu verfolgen. Ihr Gemahl hingegen zog den Kopf erst dann aus der Fensteröffnung eines hofseitig gelegenen Raumes, als die wieder hochgezogene Zugbrücke den Blick auf die Fortreitenden verwehrte. Der Baron hatte es nicht für erforderlich gehalten, die Vorbereitungen und den Abmarsch vom Hof persönlich zu verfolgen noch seine Tochter zu verabschieden.

Die Breite des Waldweges erforderte es, dass Irmgard und ihre Begleiter, um nicht von überwachsenem Astwerk belästigt zu werden, nur hintereinander reiten konnten. Aber es war auch nur eine verhältnismäßig kurze zurückzulegende Strecke Weges, bis sie den Wald hinter sich ließen und der Morgensonne und dem Elbestrom entgegen ritten. Die Fährfamilien, aufgeschreckt von den Geräuschen der herankommenden Reiter, waren aus ihren Katen gestürmt und atmeten auf, als sie ihren Herrn *Konrad* und Begleiter erkannten. Für sie war es ein bisher einmaliges Ereignis, ihren jungen Herrn mit obendrein aufwendiger Begleitung über den Strom setzen zu dürfen. Bis dann der ganze Trupp das gegenüberliegende Ufer erreicht hatte und sich erneut formierte, war die Fähre vier Mal eingesetzt worden. Die Bediener und Hüter der Anlage am Strom sahen dem Trupp nach, bis er ihren Blicken entschwunden war.

Bis in den nächsten Tag hinein folgte ein intensives Gesprächsthema unter den Fährleuten, was wohl ihren jungen Herrn bewogen haben könnte, die Brandenburg zu besuchen. Denn dass des Trupps Ziel der Herrschersitz des Markgrafen war, ist ihnen nicht verheimlicht worden, der Zweck indes blieb für sie im Dunkeln. Den Zuschauern war das bleiche, wie Trauer verkündende Antlitz ihres jungen Herrn und das ernste Schweigen der ansonsten sehr munteren Söldner und Knechte aufgefallen. Beschlich die Gutsleute seit letzter Nacht eine dunkle Ahnung, die einen fröhlichen Ritt in der Sonne nicht gestattete? Ihren Vogt zu befragen, erledigte sich noch schneller, denn dem war der Grund der Reise des jungen Barons ebenso wenig bekannt. „Es wird Wichtiges zu erledigen sein", hatte er geantwortet. „Ist es so, dann sind auch wir sicherlich bald informiert. Also zerbrecht euch nicht den Kopf darüber, was den vornehmen Ausritt unseres jungen Herrn veranlasst hat. Es könnte ein Verwandter auf der Brandenburg gestorben sein. Aber das hätte die Herrschaft uns nicht verschwiegen. Wahrscheinlich wird es sich um Thronangelegenheiten handeln. Nun geht an eure Arbeit und wartet ab, was die kommende Zeit uns berichten wird." Und lautlos sagte er sich auf dem Rückweg zu seiner eigentlichen Aufgabe: „Wenn der Trupp keine Hindernisse oder andere Schwierigkeiten zu überwinden hat, dann wird er noch am hellen Abend sein Ziel erreicht haben."

Den Söldnern war die Wegstrecke bekannt. Sollte dennoch eine Übernachtung vonnöten sein, war auch diese Frage leicht zu beantworten. Die Pferde waren in guter Verfassung, sodass der Trupp gut vorankam.

Und was ging inzwischen auf der Holtenburg und auf des Markgrafen Ulrichs Regierungssitz vor sich?

Am Abend des nächsten Tages saßen Baron und Baronin wie gewohnt lange in ihrem Kaminzimmer. Adalbert brütete vor sich hin, Hiltrud beschäftigte sich mit ihrer Stickerei. Zudem war sie bemüht, sich nicht mehr zu sehr mit der neuerlichen Familiensituation befassen zu wollen. Ihre Fragen hätten ohnehin nicht beantwortet werden können. Und was die Zukunft für sie an der Seite des Barons bringen werde, darüber sann sie seit Langem nicht mehr. Ihre Gedanken drehten sich um das Schicksal ihrer Tochter, dem sie auch nur abwartend gegenüber stehen musste. An diesem zweiten Abend nach Irmgards Abschied nach der Burg des Residenten war das Verhältnis zwischen ihr und ihrem Gemahl noch eisiger als sonst. Den langen anklagenden Vortrag Hiltruds in der vorletzten Nacht hatte der Baron schnell abgehakt. Er beschäftigte ihn nicht mehr, hatte aber auch nicht zu einer inneren Einkehr geführt, was ebenfalls ein Merkmal einer negativ narzisstischen Verhaltensweise entspricht. Für ihn stand im Vordergrund, eine Sache zu Ende zu bringen, auf die er viele Jahre hat warten müssen, die ihn nun endlich zufriedenstellen sollte. Ihn interessierte nicht das Gemüt seiner Gemahlin und auch nicht das allumfassende Befinden seiner Tochter. Es interessierte ihn nicht, da er aufgrund seiner Veranlagung nicht imstande war, verbindende Gefühle aufkommen zu lassen. Seine Gedanken drehten sich um seinen fiktiven Sohn *Konrad*, der ab naher Zukunft die Mark Brandenburg regieren soll und dadurch des Vaters Ansehen in Stadt und Land in ein bis dato vermisstes helles Licht stellen sollte. Dann wäre er eine plötzlich aus dem Dunkel aufgestiegene Persönlichkeit. Im Geiste sah er sich bereits in wenigen

Tagen nach der zu erwartenden Anordnung seiner Tochter als vermeintlich zukünftig wichtigsten Minister am Hofe auf dem Stuhl neben dem Thron des Markgrafen. Und damit er sein Ziel erreiche, hatte er sich bereits vor längerer Zeit eine List ausgedacht und dann verwirklicht. Auch diese Sache hatte er bisher für sich behalten. Doch jetzt war für ihn die Zeit gekommen, seine Gemahlin in Kenntnis setzen zu wollen, ja müssen. Denn diese Angelegenheit war ein Plan, ohne dessen Zustandekommen der Baron sein Vorhaben bereits sehr früh hätte endgültig abschreiben müssen. Er ließ ein Räuspern hören, oft ein Hinweis von ihm, irgendetwas sagen zu wollen. Nun hob er das Gesicht, vermied aber den Augenkontakt zu Hiltrud, und begann seinen Vortrag:

„Herrin", hob er an, sagte nicht wie gewöhnlich nur Frau, „mit meinem Anliegen wird es jetzt schnell vorangehen. Es war vor etlichen Monaten, als ich den verschlagenen, aber jungen und äußerlich ansprechenden Junker Detzin an meines Bruders Hof geschickt habe, um in markgräfliche Dienste treten und meinen Auftrag ausführen zu können. Ich war mir nicht sicher, ob er es schaffen werde, sich Constanze zu nähern. Aber es kam, wie ich es haben wollte.

Um deiner sicherlich nun folgenden Frage, wie ich auf den Junker Detzin gekommen war, so will ich vorweg darauf antworten, augenblicklich andere Sorgen zu haben, um nebensächliche Erklärungen abzugeben.

Die Frage, für welche Aufgabe ich Detzin gewinnen wollte, sollte die Ausführung eines wichtigen Auftrags sein, den ich ihm peinlich genau diktiert hatte. Führte des Junkers Aufgabe zum Erfolg, dann konnte keine Macht der Welt unsere Tochter, nein, nein, unseren Sohn *Konrad* davon abhalten, Markgraf zu werden. Und ich wäre dann auf meine Veranlassung hin", er lachte erneut albern auf, „nein, auf *seinen* Befehl, Erster Minister bei Hofe. Aber was rede ich. So oder so, was da komme, die Herrschaft in der Markgrafschaft bliebe in unserer direkten Verwandtschaft, und ich regierte die Markgrafschaft. Mein Bruder würde dann nach Erledigung aller notwendigen Dinge zufrieden das Zeitliche segnen." Ein erneutes Auflachen unterstrich seine letzten Worte.

„Ich begreife das alles nicht", sagte die Baronin mit Schärfe in der Stimme. „Ich folge deinen sonderbaren, ja abartigen Erklärungen oder Ausführungen nur deshalb, weil ich mir für deine Reden nicht die Ohren zustopfen will. Also überhöre ich deine Maßnahmen und deren Sinn. Sie sind in höchstem Maße nicht nur unwürdig, sie sind auch gefährlich – gefährlich für dich wohlgemerkt und abgrundtief verwerflich gegenüber Irmgard. Sie, eine wohlerzogene und äußerst ansehnliche Person, wäre ohne deine grausamen Machenschaften mit Sicherheit von einem Freier höheren Standes heimgeführt worden. Du sollst nur wissen, dass von Anbeginn deines merkwürdigen Vorhabens mein Herz voller Ahnungen war und bleiben wird, dass meine Sorge nur meiner Tochter gilt. Denn alles das, was dein Geist ersonnen und dir zum Handeln befahl, wird kein gutes Ende nehmen. Da bin ich mir sicher. Zwar ist dein Geist fähig, teuflische Dinge heraufzubeschwören und sie zu verwirklichen, aber nicht fähig genug, Warnungen und Folgen überdenken und beurteilen zu können, um erst dann entsprechend zu handeln. Und sollte doch noch alles, was du in Gang gesetzt hast, in diesem Sinne zu einem für dich erfolgreichen Ende führen, dann wirst du dir mit Sicherheit danach keine Gedanken darüber machen – nein, dazu wärst du gar nicht in der Lage –, ob du mit deinen Untaten dereinst zur Ruhe kommen wirst ..." Der

Baron unterbrach seine Gemahlin barsch: „Ach was, Frau! Mir hat bisher noch niemand meine Maßnahmen kritisiert oder auszureden ..." Auch Hiltrud wollte den Satz ihres Mannes nicht zu Ende hören und warf ein: „Weil das hier auch gar nicht möglich wäre. Was denn für Maßnahmen? Maßnahmen, die das Leben in diesen Gemäuern und unten auf dem Gut betreffen, sind bisher nicht von dir angeordnet und vorgenommen worden, sondern von deinen Verwaltern? Du solltest Gott danken, diese Vögte vorgefunden zu haben." Und zynisch setzte sie schnell hinzu: „Das Erarbeiten und Durchführen von Maßnahmen musstest du bisher ängstlich und unfähig, ja unfähig deinen Vögten überlassen. Du fürchtest dich vor einer eventuell von dir getroffenen Fehlentscheidung? Die beiden Vögte sorgten stets dafür, dass du niemals einen Fehler hast eingestehen müssen. Doch das Nicht-zu-verantworten-müssen kann sich bald ändern."

Adalbert wurde es zu viel. Zornig, ja hasserfüllt brauste er auf: „Alles Unkereien! Überlass das Unken den Kröten! Und nun begib dich zur Ruhe und träume von unserem zukünftigen Herrscher *Konrad* von Brandenburg!"

Was hatte des Barons Auftrag an Detzin, den verschlagenen Junker ohne Machtbereich, der von einem Verwalter irgendwo westlich von dem Ort Gardelegen seinen Erbhof bewirtschaften ließ, mit den ehrgeizigen Plänen Adalberts zu tun? Der siebenundzwanzigjährige ledige Junker Detzin, seit langem für den Baron kein Unbekannter, sollte sich mit äußerst höflicher, aber intensivster Hingabe des Markgrafen Ulrichs Tochter Constanze nähern und ihre Liebe gewinnen. Adalberts Plan ging auf. Die Prinzessin, damals etwas über achtzehn Jahre alt, verfiel dem skrupellosen schönen Junker, sodass es nur eine Frage der Zeit war, bis sie sich ihm hingab und dadurch im Hinblick auf die Thronfolge schwerwiegende Folgen heraufbeschwor, gerade so, wie es Baron Adalbert erwartete. Für ihn war es ein Glücksgriff, Detzin für seine Planungen gewonnen zu haben. Dessen fragwürdige Charaktereigenschaften waren seinen ähnlich – beispielsweise stille, feige Skrupellosigkeit –, und er wusste sie zu nutzen.

Nach Irmgards und ihrer Begleitung Ankunft auf der Brandenburg, nach gebührendem Empfang und einem Tag der Ruhe und Besinnung, begannen in der Residenz Vorbereitungen für die zu erwartende Inthronisierung. Wenn die Termine festgelegt waren, mussten die Bürger nicht erst aufgefordert werden, Häuser und Gassen freundlich herzurichten. Allen lag am Herzen, neben dem Markgrafen Ulrich seinen jungen Nachfolger freudig zu huldigen, und das wollten sie mit einer sauberen Stadt unterstreichen. Und zusätzlich verdeutlichten sie ihre Freude mit gelegentlichen Rufen, die sich an den Hauswänden brachen: „Unser baldiger neuer Herr ist angekommen! Es lebe der junge und schöne *Konrad*!" Ja, das brachten sie aus, als seien die Feierlichkeiten zur Inthronisierung bereits in vollem Gange. Dabei hatten die Bürger und Bürgerinnen ihren nächsten Landesherrn bisher noch nicht einmal zu Gesicht bekommen. Doch sein Name, seine Herkunft, sein angebliches Geistesvermögen und seine Schönheit hatten sich schnell herumgesprochen. Und als Höhepunkt wertete das Volk, einen kommenden Herrscher aus bereits bekanntem Hause zuzujubeln.

In Markgraf Ulrichs Brust schlug die Glückseligkeit, denn seines Nachfolgers ansprechende Gestalt, sein bescheidenes Auftreten und nicht zuletzt seine anscheinend hohe geistige

Leistungsfähigkeit hatten schnell sein Herz entflammt, dazu hohe Erwartungen hervorgerufen. Und zudem hatte Ulrich bereits im Vorfeld erfahren, dass *Konrad* sehr gut mit dem Kurzschwert und mit Pfeil und Bogen umzugehen wusste.

Kurz ergänzt: Wie der Leserschaft inzwischen bekannt, waren *Konrad* (Irmgard) und der Markgraf miteinander verwandt, denn Regent Ulrich war Irmgards Oheim. Doch zu einer persönlichen Begegnung, von Baron Adalbert verhindert, war es bis hierhin nie gekommen.

Und des Markgrafen Tochter Constanze? War sie in ihrer Herrscherfamilie eine Verliererin? Angehörige des Hofes hegten die Ansicht, die Prinzessin sei nach dem Tod ihrer Mutter vor drei Jahren gar nicht wild darauf, später die Mark Brandenburg regieren zu müssen. Es war jedermann in der Mark das innige Verhältnis zwischen Markgräfin und Tochter Constanze bekannt. Die Mutter sei ihr großer Halt in allen Lebensfragen gewesen, hieß es, und das hätte sich auch nach Constanzes Inthronisierung nicht geändert. Der Markgraf hatte über diese Sache nie ein Wort verlauten lassen, jedenfalls nicht in Hörweite einer familienfremden Person. Er dachte oft über manche Verhaltensweisen seiner Tochter nach und konnte sie auch einordnen, wenngleich nur für sich. In einer größeren Runde hatte er nur einmal ein paar Worte verloren, die aber nicht unbedingt den Gedankengängen Constanzes zuzuordnen waren – oder doch? Menschen sind Menschen, hatte er von sich gegeben, und Herrschaften sind es auch, Menschen mit ihren Gefühlen und unterschiedlichsten Gedanken; bei manchen Menschen auch böse.

Im Außenbereich der Burg und selbst in den beiden Stadtteilen erschienen bald nach und nach abkömmliche Adlige aus der näheren Umgebung, um sich von einem altbekannten Bild ein neues, interessanteres zu machen, wenngleich sich nichts geändert oder verändert hatte.

Nun aber herrschte emsiges Treiben auch innerhalb der von breiten und hohen Mauern geschützten Burganlage. Auf einen umschließenden Wehrgraben, einen Wall oder andere für Feinde schwer zu überwindende Hindernisse ist verzichtet worden. Der gesamte Stadtbereich mit dem in der Mitte aufragenden Burggemäuer war hier und da durchzogen von abzweigenden Flussflächen der Havel, die für eroberungssüchtige Horden nicht problemlos zu überwinden waren, und die vorhandenen Übergänge waren so angelegt, dass auch diese für Angreifer Schwierigkeiten aufwarfen. Dann war da auch noch die Stadtmauer und die wehrtüchtige Bevölkerung, die mit Sicherheit ihr Übriges zu leisten wusste.

Nun ja. Im ganzen Land hatte sich die Ankunft des Thronfolgers wie ein Lauffeuer verbreitet. Und eben so schnell hatten sich abkömmliche Edle in der näheren Umgebung auf den Weg gemacht, ihren zukünftigen Herrn zu begrüßen, zumindest zu versuchen, ihn zu Gesicht zu bekommen. Natürlich hätte das auch Zeit gehabt, denn zu den baldigen Feierlichkeiten anlässlich der Inthronisierung kämen die Herren des Adels ohnehin angereist. So aber veranlasste die über das Land aufgezogene freudige Aufregung einen vorzeitigen neugierigen Besuch nicht nur des einen und anderen adligen Herrn. Und selbst das Wetter beteiligte sich an diesen Tagen mit vielen Sonnenstunden an der Vorfreude der märkischen Bevölkerung. Selbst die Atemluft schien in diesen Tagen eine andere, eine erfrischendere zu sein.

Alle äußeren Vorbereitungen wurden sichtbar für jedermann getroffen, wie das Herbeischaffen und Aufstellen von

Zelten als kurzfristige Unterkünfte für adlige Besucher, falls einige von ihnen länger bleiben wollten als nur einen Tag und eine Nacht.

Als Repräsentanten der beiden Stadtteile hatten sich die Bürgermeister und die beiden christlichen Prediger auf der Burg eingefunden, dem Nachfolger auf dem Thron von Brandenburg ihren untertänigen Respekt zum Ausdruck zu bringen. Ihrer städtischen Würde entsprechend war es ihnen vergönnt, unter den ersten zu sein, unter den Augen des Markgrafen den erst zwei Tage zuvor angekommenen *Konrad* persönlich willkommen zu heißen.

Nach und nach hatten sich auf der Burg auswärtige Edelherrn angemeldet, um hoch zufrieden auch Markgraf Ulrich ihre Segenswünsche zukommen zu lassen und ihn zu seinem vorzüglichen Nachfolger auf den Thron zu beglückwünschen. Und sie beglückwünschten sich selbst, später dem hoch gebildeten und – wie es hieß – gerechten Herrn *Konrad* untertan zu sein. Unter ihm und mit dessen alten wie eventuell neuen Beratern waren sie sich sicher, einer wie bisher friedvollen, sich weiterentwickelnden Zukunft entgegenzusehen.

Und von all dem überaus schnell begonnenen munteren Treiben in der Stadt und bei Hofe direkt, von überschwänglichen huldvollen Bekundungen überrascht, profitierte tatsächlich auch die zum männlichen Thronfolger *Konrad* erkorene Irmgard. Es erwärmte ihre Seele, wie sich mehr und mehr Kummer und Ängste in ihr lösten und einer zuvor nie erfahrenen Glückseligkeit Platz machten. Dazu hatte sie sich auferlegt, über das Verbergen ihres Geschlechts nicht nachzudenken und erst recht nicht darüber, was die Zukunft für sie vorsehen werde. Gedanken über Versäumtes, das nicht mehr rückgängig gemacht werden konnte, musste sie unausweichlich der Wirklichkeit und den zu erwartenden Folgen überlassen. Sie grübelte nicht über mögliche Ergebnisse der auf sie zukommenden rechtlichen Maßnahmen, deren Ergebnisse auch nicht annähernd vorauszusehen waren. Sie wollte leben in diesen Stunden, an diesen Tagen und vielleicht noch viele Wochen. Sie wollte die Stunden der ihr zugedachten, überwältigenden Zuneigung in sich aufnehmen, festsetzen lassen und bewahren und sich nicht den Kopf über das Später zerbrechen. Sie ließ Schuldgefühle gar nicht erst in ihre Gedanken einfließen. Schuldgefühle ...! Inwiefern hatte sie sich Schuld aufgeladen? Hätte sie alles Bisherige in ihrem Leben und hier in des Oheims Residenz beeinflussen können? – Doch ja! Sofort nach ihrer Ankunft auf der Burg. Wahrscheinlich hätte sie es getan, wenn sie in der Lage gewesen wäre, sich nach den überschwänglichen Willkommensminuten der Wirklichkeit zu ergeben, sich dem Markgrafen und Oheim anzuvertrauen.

Inzwischen spielte sich in einer der beiden Kemenaten über dem Palas' der Brandenburg eine andere Szene ab.

Prinzessin Constanze, des Markgrafen Ulrichs einziges Kind, stand nahe der mit einem zur Seite geschobenen schweren Vorhang versehenen Fensterhöhlung, die Augen vom Weinen getrübt. Als sie endlich ihr stilles Schluchzen unterdrücken und die tränennassen Wangen trocknen konnte, sagte sie mit leiser, klagender Stimme in die klare, warme Außenluft in hinein:

„Der Unhold Detzin ist fort – geflohen aus dem Bereich meines Vaters. Ich wollte das zunächst nicht glauben, aber ach, es ist nur zu wahr. Und ich habe ihn geliebt, habe es gewagt, ihn in aller Heimlichkeit zu lieben, mich ihm hinzugeben, ihm meine Unschuld zu überlassen, obwohl mir hätte bewusst sein müssen, dass mein Vater mir nie erlaubt hätte, seine Gemahlin zu werden. Das eigene Bewusstsein! Warum meldet es sich nicht in höchster Gefahr? Detzin war und ist nicht der Mann, der, wie ich heute einzuordnen weiß, in den Kreis eines Regenten gehört. Und somit ist mir bewusst geworden, dass ihm niemals die Verantwortung über die Markgrafschaft hätte übertragen werden können. Ja, ja, ich habe ihn geliebt, habe nicht an mögliche Folgen gedacht, ich habe gesündigt, hatte den Stand meiner Geburt vergessen und meine zukünftige Aufgabe sträflich außer Acht gelassen. Aber jetzt hasse ich den Mann. Mit ganzer Seele hasse ich ihn. Ach, was ist aus mir geworden, und was kommt noch auf mich zu!"

Constanze hatte die Ankunft des vermeintlichen Thronfolgers und alles, was sich auf der Burg und in der Stadt tat, versteckt verfolgt. Sie hielt sich von allem fern. Und als sie ihres Vaters Nachfolger, nämlich den angeblichen Prinz *Konrad*, zu Gesicht bekam, bedrängten Hoffnungslosigkeit und Betrübnis sie umso heftiger. Und ihr war bewusst, aufgrund dessen, dass sie mit dem Junker Detzin ihre Unbeflecktheit verloren hatte, niemals als Markgräfin eingesetzt werden konnte. Stattdessen musste sie mit der Verbannung, ja Todesstrafe rechnen. Sie grübelte Tag und Nacht über ihr Schicksal, das sie quälte, nachdem der Junker Detzin das Weite gesucht hatte. Noch dazu hatte sich ihr angekündigt, in anderen Umständen zu sein. In ihrer Not ging sie allen und allem aus dem Weg. Sie lebte versteckt in ihrem Gemach, ließ sich Speise und Wasser von ihrer Magd bringen. Sie dachte an ihre Mutter, die ihr sicherlich großen Rückhalt gewährt und sie mit Sorgfalt auf ihr Leben als Frau vorbereitet hätte. Der Name Detzin wäre Schall und Rauch gewesen. Er hätte gar nicht existiert. Doch die Mutter war vor drei Jahren verstorben.

Constanze hätte auch freiwillig, wenn es möglich gewesen wäre, gern auf die Thronerbschaft verzichtet. Denn insgeheim war ihr seit Jahren bewusst, wahrscheinlich nicht die Kraft aufbringen zu können, irgendwann die Mark ihres Vater regierend zu übernehmen. Nach wie vor betrauerte sie den verhältnismäßig frühen Tod ihrer Mutter.

Und Vater Ulrich? Die Liebschaft seiner Tochter und Nachfolgerin mit dem Junker ist von ihm nicht wahrgenommen worden, von niemanden in der Residenz. Als Landesherr hing er wichtigeren Dingen nach, als die Reinheit seiner Tochter, die über diesen Begriff hinreichend und vertraulich unterrichtet worden war. Demnach hatte sich Constanze verbotene Freiheiten herausgenommen, denen sie nicht widerstehen konnte. Sie war geistig nicht beschränkt, hätte daran denken müssen, dass sie mit einer Liebesaffäre ihren Thronanspruch aufs Spiel setzen werde. Vielmehr war sie sich sicher, dass bis zur Inthronisierung ihre vorübergehende Affäre unbemerkt ein Ende haben werde. Aber schnell kam es anders. Sie wurde schwanger und war in ihrer Situation gefangen. Ihren Vater davon früh in Kenntnis zu setzen bei gleichzeitiger Nennung des Erzeugers ihres zu erwartenden Kindes, das hatte sie sich nicht getraut. Unverheiratet sich in anderen Umständen zu befinden, das wusste sie genau, hat schon manche Frau in den Selbstmord getrieben, und den Erzeuger, wurde er gefasst, in die Fäuste des Henkers. Sie wollte warten, bis ihr Geheimnis keines mehr war und sie sich unabwendbar in ihr Schicksal fügen musste. Es war ihr mehrmals durch den Kopf gegangen, ihrem Leben ein Ende zu setzen, wenn sie aus beträchtlicher Höhe aus ihrem Fenster schaute. Doch es war ihr christlicher Glaube in der Furcht, durch das Mittöten des werdenden Kindes ihr Seelenheil dem Teufel zu überlassen. Somit war in ihr und von ihr selbst die Frage beantwortet worden, ein von Gott gegebenes Leben, ob gewollt oder nicht, nicht abstoßen zu dürfen. Soll also kommen, was kommen soll, beruhigte sie sich. Und wie auch immer ihr weiteres Leben mit ihrem Kind verlaufe, sie werde ihre Seele gerettet wissen und sich nur dafür verantworten müssen, sich unvermählt der Sünde hingegeben zu haben. An eine Thronnachfolge dachte sie nicht mehr.

Nachdem Junker Detzin von Constanze erfahren hatte, Vater zu werden, verschwand er in aller Heimlichkeit. Die Höflinge waren mit ihm nur selten in Kontakt gekommen, es interessierten sie nicht einmal, welchen Aufgaben er nachzugehen hatte. Er hielt sich mal hier, mal dort auf, oft auch in den beiden Stadtteilen. Und Constanze hatte sich bemüht, ihn der Burgöffentlichkeit möglichst versteckt zu halten, vor allem nur selten mit ihm gesehen zu werden. Und der Markgraf? Der schien den Junker längst vergessen zu haben, denn dieser war nicht in seinem persönlichen Bereich eingebunden gewesen.

Constanze versuchte indes, ihre Gedanken der Wirklichkeit anzupassen und nicht über eine Sache vertieft von Hass, Selbstmitleid und Zukunftsangst zu jammern und obendrein sich mit Selbsttötungsabsichten herumzuplagen. Hatte sie diese Sache nun abgelegt? Über meine Zukunft werden die Richter meines Vaters befinden, sagte sie sich endlich in der Gewissheit, ihr Schicksal nicht mehr ändern zu können. An

eine Abtreibung dachte sie nicht, hätte auch gar nicht gewusst, wie so etwas vorzunehmen sei. Und wer sollte den
Eingriff erledigen? Und könnte diese Sache, mit der sie
obendrein auch ihre Gesundheit, ja ihr Leben aufs Spiel setzte, überhaupt geheim bleiben? – Schließlich endeten diese
Gedanken mit dem Glauben an die himmlische Gerechtigkeit. Sie wollte einen Entschluss festigen und sagte sich endlich: Wenn ich mein sündiges Verhalten zutiefst bereue, ja
das tue ich, und das Leben meines werdenden Kindes be-
wahre, wird Gott mir meinen Fehltritt verzeihen, zumindest
meine Seele nicht dem Satan überlassen? Gewiss, es ist auch
Detzins Kind, ist zur Hälfte sein Fleisch und Blut, aber des
Kindes Seele ist nicht in ihm, sie ist in mir.

Aber dann kam in der folgenden Nacht in Constanze ein
Gedanke auf, der nicht mehr von ihr abließ, der aber geeignet war, Gottes Wohlwollen auf die Probe stellen zu wollen.
Doch der himmlische Vater wird sich niemals auf die so genannte Probe stellen lassen. Constanze jedoch hielt an ihr
Vorhaben fest, es in die Tat umsetzen zu wollen. Sie war
überzeugt, am Ende Gott nicht getäuscht zu haben, denn sie
hatte sich weit davon entfernt, ein von Gott geschenktes Leben zu vernichten.

7. Kapitel

Rund fünf Wochen waren bereits ins Land gegangen. Die Begleitknechte Irmgards hatten ihren Aufenthalt auf der Brandenburg und in der Stadt nach drei Tagen abbrechen müssen und waren zurückgeritten auf die Holtenburg, wo man ihrer dringender bedurfte. Eine unvergessliche Zeit lag hinter ihnen.

Die Bürger in der Stadt und im weiten Land, inzwischen über die Vorzüge *Konrads* in Kenntnis gesetzt, sangen das hohe Lied der zu erwartenden Regierungskunst des Nachfolgers ihres nicht mehr gesunden Landesherrn. Sie sangen umso lauter, nachdem die Bürger und Bürgerinnen beider Stadtteile ihren *Konrad* bereits zwei Mal zu Gesicht bekommen hatten. Der Markgraf hatte angeordnet, seinen Nachfolger mit einer würdigen Begleitung durch die Orte ziehen zu lassen, um ihn zunächst den Bürgern in der unmittelbaren Nähe vorzustellen. Ein Durchreiten der Mark sollte in zeitlichen Abständen erst nach der Inthronisierung folgen. Das alles seien notwendige, in jeder Hinsicht eindeutige und vielversprechende Unternehmungen, hatte Markgraf und Oheim Ulrich gesagt.

Bereits nach des Thronfolgers Vorstellungsritt durch die Stadt rühmten die Bürger dessen Erscheinung und brachten zudem immer wieder mit Hochrufen zum Ausdruck, bald dem ansehnlichen und klugen Landesherrn untertan zu sein. Und fortan nahmen sie interessierter auf, was von Hofe aus nach draußen drang, und das war inzwischen angeblich sehr viel. Da war es beim Weitersagen innerhalb der Bevölkerung gleichgültig, wenn Wahres, Erfundenes und Vermutungen miteinander verschmolzen wurden. Das alles war unverdächtig in jeder Hinsicht und wertete die Herrscherfamilie insgesamt gesehen besonders auf. Und besonders stolz waren die Märker zudem, dass vor geraumer Zeit ihr Herr Ulrich von allen Landesherren des deutschen Reiches als einer der sieben Kurfürsten auserwählt worden war. Die Kurfürsten wiederum wählten, wenn es an der Zeit war, den deutschen Kaiser*). Es war aber auch ihr Recht und somit ihre Aufgabe, das Oberhaupt der deutschen Nation abzuwählen, wenn dieser im Laufe seiner Amtszeit nicht das vollbrachte, was von ihm erwartet worden war.

Es hatte bald zum Alltag auf der Burg gehört, dass Regent Ulrich in nachhaltiger Zufriedenheit Regierungsangelegenheiten, selbst einige komplizierte, *Konrad* in die Hände legte und von ihm bis zu seiner Endkontrolle bearbeiten ließ. Der Markgraf sah sich in der Rolle eines Beraters und Lehrers, und er spielte sie mit seiner bekannt ruhigen Art. Ihn durchfuhr zudem die Genugtuung zu erleben, wie sein Nachfolger agierte, wenn auch oft noch intuitiv. Der Schützling befleißigte sich über die Maßen, das Rechtssystem der Grafschaft in allen Punkten zu erfahren, mit dem ihm bereits bekannten zu vergleichen und es am Ende in sich festsetzen zu lassen, aber gelegentlich auch anzuwenden.

Zum Rechts- und Regierungssystem sei wiederholt gesagt: In der Mark übte die oberste Rechtsprechung natürlich der Markgraf aus, dazu fungierte die untergeordnete patrimoniale Gerichtsbarkeit. Auf diese jedoch durfte der Landesherr nur in begründeten Ausnahmefällen Einfluss nehmen.

Konrad lernte intensiv, wie die Staatsgeschäfte bearbeitet und abgewickelt werden mussten, denn Wissen bedeutet zu-

*) Friedrich II. (Staufer)   97

gleich auch Macht. Dieses Merkmal musste ihm nicht erst nahegebracht werden. Viele Jahre hatte er erfahren und in sich aufgenommen, dass Macht und Macht sich sehr voneinander unterscheiden können, einerseits die Macht, das Wohl der Untertanen und des Landes zu gewährleisten, Not und Ungerechtigkeiten von ihnen abzuwenden. Und dann die Macht, die Untertanen im Sinne des Eigenwohls zu bevormunden, zu unterdrücken und auszubeuten.

Es verwunderte nicht, wenn der Thronfolger von Höflingen und den Bürgern in Stadt und Land in kurzer Zeit gelobt, ja geliebt wurde. In der nicht selbst gewählten Rolle als zukünftiger Landesregent fühlte sich *Konrad,* alias Irmgard, anerkannt und geehrt. Doch die erfreuliche Zeit vor dem angestrebten Machtwechsel vor der Inthronisierung in der Mark Brandenburg täuschte nicht über ihre wahre Situation hinweg. Suchte sie in ihrem Gemach Ruhe und Entspannung, stellte sich unununterdrückbar auch der Zeitpunkt des betrüblichen Nachdenkens wieder ein. Immer öfter kam ihre Mutter ihr in den Sinn. Ohne sie fühlte sie sich innerlich alleingelassen, ja bedroht, obwohl sie sich außerhalb ihres Zimmers zwischen Menschen bewegte, die ihr Ehrerbietung und ein hohes Maß an Zuneigung entgegenbrachten. Ängste, die sie bis zur Offenbarung ihres Vaters in der Nacht vor dem Verlassen der Holtenburg nicht kannte, begannen, sie wiederholt zu quälen. Wäre ihre Mutter zugegen, hätte diese für ihre Tochter die sich oftmals dramatisch werdende Situation nicht ändern, so doch ihren mütterlichen Beistand leisten können. Niemand auf der Burg hätte es Mutter Hiltrud missgönnt, auf die Brandenburg nachzukommen. Doch Irmgard war überzeugt, dass ihr Vater die Reise ihrer Mutter zu ihr nicht duldete. Er will warten, dachte sie, wie sich das Bisherige entwickeln wird. Er ist überzeugt, von seinem Bruder jetzt nicht mehr übersehen zu werden, und dass ihm in der Mark und im Reich Tür und Tor geöffnet werden. Doch daran glaube ich nicht. Denn mein Oheim weiß sehr genau um die charakterlichen Eigenschaften seines Bruders. Bis unmittelbar vor dem Tag meiner Inthronisierung wird sich mein Vater über den Stand der Dinge auf der Brandenburg informieren lassen. Es sei denn, die Ungeduld treibt ihn aus seiner Burg.

Vorweggesagt wurden Baron Adalbert insgesamt drei Mal unverfängliche Informationen zugetragen. Den Auftrag dazu hatte für ihn ein Burgkrieger erledigt. Und was dieser auf der Brandenburg erfuhr, waren keine Geheimnisse. Zurückgekehrt überbrachte er sich ausgedachte Grüße Irmgards an ihre Eltern, im Glauben, seinen seid ewig mürrischen Herrn damit einmal freundlicher zu stimmen. Dazu hoffte er, eine sichtbare Anerkennung in irgendeiner Form einstreichen zu können. Doch des Barons Laune blieb stets unverändert. Das mürrische Verhalten war Bestandteil seines Wesens, es hatte sich in seine Seele bereits vor seinem Erwachsensein eingefressen.

Irmgard blieb weiterhin mit ihren oft düsteren Gedanken auf sich allein gestellt. Außerhalb ihres Gemachs musste sie sich gehörig zusammennehmen und als jene Frau auftreten, die sie wirklich war. Wäre es nicht klug gewesen, dachte sie, wenn ich mich sofort nach meiner Ankunft dem Markgrafen anvertraut und ihm mein Dasein geschildert hätte? Nein, nein, die Folgen wären nicht auszudenken gewesen. Wahrscheinlich hätte er mich sofort unter seinen Schutz genommen und meine Begleitung auf die Holtenburg ohne mich zurückreiten lassen, dazu eine versiegelte Botschaft an den

Baron. Aber was wäre dann in die Wege geleitet worden? – Ich weiß nicht ... Vielleicht hätte mein Oheim einen von zwei Kriegern begleiteten Kurier zur Holtenburg reiten lassen, mit dem Befehl, mit meinem Vater umgehend zurückzukommen. Was ihn wohl hier auf der Brandenburg dann erwartet hätte ...? Und die Holtenburg ...? Mit den beiden Vögten, sagte sie sich weiter, wäre das Leiten der Holtenburg nicht besser zu besetzen, sie führten sie ja ohnehin seit vielen Jahren. Und meine Mutter? Sie hätte sich für die Reise zurück auf die Brandenburg den Trupp Soldaten mit Sicherheit nicht angeschlossen, sich aber an einem späteren Tag abholen lassen, wenn sie über das Schicksal ihres Gemahls hinweggekommen war. Gedanken nichts als verzweifelnde Gedanken in Irmgard, die keine zufriedenstellende Änderung der Situation herbeiführen konnten. Dazu drängte sich in ihr die Mahnung auf, ihr wahres Geschlecht irgendwann nicht mehr verbergen zu können. Diese Vorstellung von wahrscheinlich doch zu erwartender Bestrafung quälte sie über die Maßen. Aber um sich zu beruhigen, kam sie immer wieder auf die Antwort zurück, für ihr von Geburt an zugeordnetes Geschlecht und ihren bisherigen Lebensverlauf nicht verantwortlich gemacht zu werden. Zu alledem war für sie vorerst nur die eine Sicherheit gegeben, irgendwann und unabhängig davon, was auf sie zukomme, wieder der Mensch zu sein, der sie wirklich war.

Und was ging in Prinzessin Constanze vor? Was könnte sie veranlassen, um ihre Situation ohne schwerwiegende Konsequenzen zu ändern, zumindest zu verbessern? Auch sie quälte sich mit Fragen herum, ohne hilfreiche Antworten zu bekommen. Hilfe ... ? – Woher denn ...?

Im Durchschreiten ihres Jammertals hatte sie versucht, den Junker Detzin aus ihrem Gedächtnis zu streichen. Das wahre Geschlecht ihres Vaters Nachfolger *Konrad* auf die Herrschaft der Mark ahnte Constanze nicht. Darüber nachzudenken hätte sich für sie nicht gelohnt. Denn *Konrad* war ein junger Mann im Stande ihresgleichen – nichts weiter. Oder betrachtete sie ihre Angelegenheit doch mit anderen Augen? Insgeheim vielleicht, ohne voll und ganz in ihr Bewusstsein eingedrungen zu sein? – Nun ja. Denn jedes Ding hat bekanntlich zwei Seiten.

Die für Markgraf Ulrich dem Anschein nach immer offener zutage gebrachte Sympathie Constanzes für seinen Nachfolger war für ihn eine erfreuliche Erkenntnis. Nicht lange, und er sah *Konrad* als Landesherr, klug regierend auf dem Thron, den er viele Jahre für sich und das Land gehütet hatte. Und er sah in des Thrones Nähe majestätisch in einem Hochlehnsessel seine Tochter Constanze in herrschaftlicher Aufmachung. Diese Vorstellung war dem Markgrafen nach seiner Kenntnisnahme vom Fehlverhalten Constanzes gekommen. Natürlich konnte das nur eine Überlegung sein. Dass seine Tochter schwanger ging, war ihm zu diesem Zeitpunkt noch nicht bekannt. Der Junker war verschwunden, wohin werde noch herauszufinden sein. Diese Sache eilte nicht. Constanze allerdings hatte ihren Anspruch auf den Thron verspielt, den Thron, den sie innerlich ohnehin nicht gern besetzt hätte.

Und die neuerlichen Empfindungen Prinzessin Constanzes? Sonderbarerweise strahlten, wer sie zu Gesicht bekam, anscheinend Zuversicht, ja Zufriedenheit aus ihren blauen Augen, und immer öfter huschte ein Lächeln über ihr blasses

Antlitz. Aber ihre lange wie verhärmten Gesichtszüge schienen schienen nun mitzuhelfen, Kümmernisse in die Vergessenheit eingliedern zu lassen – vielleicht! Gewiss, sie war in anderen Umständen, aber das war längst noch nicht sichtbar.

Dennoch, Irmgard (*Konrad*) fand die anscheinende Entwicklung des Gemüts Constanzes, überhaupt ihr daraus resultierendes Verhalten ihr gegenüber, immer unangenehmer. Sie schalt sich, nach dem ersten Kontakt die scheinbar begonnene Freundschaft Constanzes erwidert zu haben. Freundliches Distanzhalten sei dienlicher gewesen. Aber was hätte dagegen sprechen sollen, als Irmgard sich noch fremd in der Residenz des Markgrafen fühlte und bewegte? Als sie nach ihrer Ankunft noch lange von heimischem Kummer geplagt wurde und sich nach ihrer Mutter Beistand sehnte? Da schienen gelegentlich aufrichtende, freundliche Worte Constanzes hilfreich gewesen zu sein. Hingegen versuchte Irmgard bald, ihrer Base weniger oft zu begegnen. Ahnte sie, dass Constanze mehr als nur ein freundschaftliches Verhältnis beginnen wollte? Nein, sie konnte nicht davon ausgehen, aber sie fühlte etwas, was sie unsicher machte. So intensiv sie sich auch anstrengte, ihr nicht oder nur selten begegnen zu müssen, desto stärker wurde sie bedrängt. Zunächst war sie darüber verwundert, hatte dann aber wiederholt und sehr deutlich in ihr eine sich festsetzende Besorgnis ausgelöst. Dazu mischte sich eine zusätzliche Sorge ein, die ihre Ängste noch vergrößerte. Denn es sei nicht auszuschließen, dass Constanze während oder vor der Inthronisierung die wahren Verhältnisse auf der Burg bis hin im gesamten Herrscherbereich ans Tageslicht bringen könnte. Da sei es für sie deutlich, dass Constanzes vermutliches Vorhaben und die Veröffentlichung des Thronfolgers wahrem Geschlecht des Markgrafen Hoffen und Vorhaben zunichtemache. Die Auswirkungen könnten fataler nicht sein.

Constanze verfolgte Irmgard nun immer heftiger, jagte regelrecht hinter ihr her, lief ihr ständig und überall über den Weg. Sie benahm sich äußerst aufdringlich, was eine Prinzessin, die Tochter eines Regenten, in ein fragwürdiges Licht stellen musste. Doch Constanze schien das nicht zu bewegen. Und somit blieb ihr in ihrer Not nichts anderes übrig, als rigoros, wenngleich stumm und mit Abstand, vorzugehen.

Konrads weibliche Seele nahm immer stärker wahr, dass Constanzes Aufdrängen nicht einer tief empfundenen Sehnsucht, unbedingt ihre Freundschaft zu erlangen, zuzuschreiben sei. Es könne nicht anders sein, dass eine schwerwiegende hektische Anspannung ihr Gemüt beeinträchtige, um einem besonderen Ziel nahe zu kommen. Und so bangte sie, dass Constanzes Verhalten mit der Thronbesetzung zu tun haben müsse. Wäre dies der Fall, wolle sie vorweg ihren Oheim bitten, Entscheidungen oder Maßnahmen zu treffen, bevor es zur Inthronisierung komme. Denn dieses Verhältnis sei dann nicht länger hinnehmbar und für die personelle Neugestaltung der Macht in der Mark Brandenburg gefährlich für einige Beteiligte in der Residenz.

Inzwischen blieb Markgraf Ulrich nicht verborgen, was sich zwischen seiner Tochter und ihrem *Vetter Konrad* abspielte, was ihn zutiefst verwirrte. Es war für ihn unverkennbar und nicht zu begreifen, warum sich die beiden jungen Frauen anscheinend nicht mochten. Konnten die beiden schönen und klugen Menschenkinder denn nicht zueinander finden? Für gegenseitige Ablehnung war kein Grund erkennbar, ganz und gar nicht. Oder hatte er, Markgraf Ulrich, sich selbst getäuscht, sich irgendetwas eingeredet, was er genauer hätte durchdenken müssen? Nein, er kam auch nach anstrengenden Überlegungen nicht darauf, dass sich seine Tochter in anderen Umständen befand. Bis jetzt wusste nur ein Mensch davon, nämlich die Schwangere selbst.

Die Angst vor der Zukunft zermürbte Constanze wie auch Irmgard und versetzte beide gleichermaßen in tiefe Not. Die anfänglich freudigen Erwartungen seitens des Markgrafen samt seiner Umwelt schienen sich in Schall und Rauch aufzulösen.

Irmgard als Thronfolger *Konrad* musste sich zwangsläufig auf zwei Verhältnisse gleichzeitig konzentrieren und versuchen, mit ihnen fertig zu werden. Das war einerseits sich mit den Folgen einer unabwendbar zerrütteten Beziehung zwischen ihr und Constanze beschäftigen zu müssen, andrerseits mit sich selbst, mit dem Thronanwärter *Konrad*. Das führte in ihr nach dem vielen Auf und Ab ihres seelischen Zustandes zu einer unaufhaltsam stillen Verzweiflung. Da kann auch von einem dritten Merkmal, das zu bewältigen war, gesprochen werden.

Diese zuvor genannte, zusammengefasste Situation zog sich einige Tage hin, bis an einem frühen Morgen ein Zusammentreffen der beiden Prinzessinnen zustande kam. Constanze hatte ihren Besuch nicht angekündigt, wusste aber, dass Irmgard (*Konrad*) täglich stets um eine frühe Stunde herum ihr Zimmer verließ. Als sie eines Morgens auf den Korridor hinaustrat, stand sie unverhofft Constanze gegenüber, was in ihr einen gehörigen Schreck auslöste. Dann aber ärgerlich geworden, fasste sie sich schnell und spürte zwei Hände, die ihre Handgelenke umschlossen. Dazu vernahm sie Constanzes hektisch, klagende Stimme:

„Oh, warum meidest du mich? Was habe ich getan, was habe ich gesagt, dass ich deine freundliche Meinung von mir verloren habe? Denn gewiss hatte ich sie ja dereinst. *Konrad*, weise mich nicht zurück, sondern habe Erbarmen mit einem gequälten Herzen. Ich kann die Worte nicht länger zurückhalten: Ich liebe dich, *Konrad*! Weise mich zurück, wenn du nicht anders kannst, aber dann töte mich sofort!"

Irmgard, der von Constanze vermutete Thronfolger, verschlug es die Sprache. Das für ein paar Augenblicke betretene Schweigen des Angebeteten deutete Constanze in ihrem Sinne. In ihren Augen glühte wildes Entzücken. Sie schlang die Arme um Irmgards Hals wie in irrer Verklärung und presste hervor:

„Du lässt dich erweichen! Du lässt dich erweichen! Du kannst mich lieben, du wirst mich lieben! O sag, dass du mich lieben wirst, mein einziger, mein einziger *Konrad*!"

Irmgard seufze gequält. Das Blut stieg ihr zu Kopf, und Röte überzog ihr Antlitz. Wild pochte ihr Herz. Verzweifelt stieß sie Constanze grob von sich, und ihre Stimme überschlug sich fast: „Dein Verlangen ist ein für alle Mal unmöglich!" Und augenblicklich riss Irmgard sich los und stob davon. Die erschütterte Constanze knickte in den Knien ein und lehnte gleich darauf mit dem Rücken gegen die Wand. Auf kaltem Stein sitzend brach sie in Tränen aus und schluchzte leise. – Und in ihrem Schlafgemach weinte Irmgard heiße Tränen.

Constanze hatte ihren Untergang vor Augen. Was ihr blieb, waren zugleich Mitleid mit sich selbst und wiederum eine nicht zu unterdrückende Angst. Mühsam erhob sie sich vom steinernen Boden und entfernte sich.

In ihrer äußerst fatalen Situation hatte sie gehofft, mit einem heftigen Liebesgeständnis den schönen *Konrad* für sich zu gewinnen. Wäre ihr Erfolg beschieden gewesen, hätte sich ihr Zustand und ihr Ruf nicht nur zum Guten gewendet, sondern obendrein auch das Volk zufriedengestellt, ja glücklich gemacht.

Lange noch saß die verzweifelte Constanze in sich versunken auf dem Lehnstuhl in ihrem Gemach, bis sie mit leiser Stimme zu sich selbst sagte: „Der bloße Gedanke, dass er meine Liebe genau in dem Moment zurückgewiesen hat, als ich mir sicher war, sie bringe sein Herz zum Schmelzen, hat er meine Absichten zunichtegemacht. Ich wäre nicht nur seine Gemahlin geworden, zugleich auch Markgräfin von Brandenburg. Und weit zuvor hätte ich ihn zum Vater meines Kindes erklärt. Das wäre für mich die Gewissheit geworden, meinen königlichen Stand bewahrt und der Mark schon früh einen weiteren Thronfolger geschenkt zu haben. Das alles hätte meinen Vater und das Volk in Entzücken versetzt. Aber *Konrad* stieß mich von sich wie einen kranken Hund."

Noch etliche Tage lag eine gefasste Traurigkeit auf dem Antlitz Constanzes, denn niemand, dem sie nicht ausweichen konnte, sollte ihre Not erkennen. Irmgards Gemüt hingegen erholte sich zusehends, da sie darauf achtete, mit der von ihr Abgewiesenen nicht zusammenzutreffen. Somit begegneten sie sich nur noch selten und dann möglichst in gehörigem Abstand.

Den Markgrafen betrübte das sich anscheinend geänderte Verhältnis zwischen seiner Tochter und seinem Nachfolger über alle Maßen. Indes auf Thronfolger Irmgards Wangen lag bald wieder eine gesunde Frische, und die Lebhaftigkeit in ihren Augen war zurückgekehrt. Sie bemühte sich, wenig an ihre Base und deren Begehren zu denken, bis sie glaubte, die dramatische Angelegenheit sei nun für beide Seiten abgeschlossen. Und somit beschäftigten sich ihre Gedanken vorrangig wieder mit ihrer Inthronisierung. Doch sie konnte nicht ahnen, was sich in Constanzes Kopf erneut zusammenbraute.

8. Kapitel

Nach einer Zeit tiefer Bedrückung kam Baroness (Prinzessin) Irmgard (Thronfolger *Konrad)* wieder mit klarer gewordenem Verstand ihren Aufgaben bei Hofe nach. Über die Verdrehung ihres Geschlechts wollte sie sich möglichst wenige Gedanken machen. Von Kindheit an ist es ihr versagt geblieben, sich als weibliches Geschöpf ausleben zu dürfen, wofür sich ihr Vater – davon war sie inzwischen fest überzeugt – irgendwann verantworten müsse.

Als sie als Heranwachsende so weit war, Fragen zu ihrem Geschlecht zu stellen, verärgerte sie ihren Vater. Der gab dann ausweichende, scharfe, dann wieder beruhigende Antworten, mit denen sie nichts anzufangen wusste. Und ihre Mutter durfte dazu nichts sagen. Andrerseits hätte Hildegard sich in die Gefahr gebracht, nicht nur von der Tochter isoliert, ja sogar verbannt zu werden. Entsprechend seiner charakterlichen Veranlagung wäre ihm das nicht schwer gefallen. Hatte er das weit im Vorfeld nicht bereits damit bewiesen, als er die beiden Geburtshelferinnen Irmgards eigenhändig ermordete? Es war ihm aber nie in den Sinn gekommen, auch seine Gemahlin, die er für die Verwirklichung seiner Vorhaben dringend benötigte, umzubringen. Nein, er beließ das Dasein wie es seit Anfang gewesen ist. Mutter und Tochter lebten in teuflischer Gesellschaft.

Irmgard hatte den Grund ihres verdrehten Geschlechts bekanntlich erst in jener Nacht auf der Holtenburg erfahren, als sie von ihrem Vater über ihre und seine geplante Zukunft endgültig unterrichtet worden war. Gedanklich galt für den

Baron die angeblich unverrückbare Tatsache, seine Tochter keiner Überforderung ausgesetzt zu haben. Und wenn ihre Zeit des Regierens gekommen sei, dann habe er endlich sein Ziel erreicht, nämlich den zweithöchsten Stand in der Mark übertragen bekommen zu haben. Zwar stünden Markgraf *Konrad* dann erfahrene Höflinge zur Seite, aber das vorletzte Wort spreche er: Baron (Prinz) Adalbert, des Hofes und Landes Erster Minister!

Was dann, um es zu verdeutlichen, den jungen Markgrafen *Konrad* anging, so musste weder im Augenblick noch nach der Inthronisierung die Frage im Raum stehen, ob es erforderlich sei, als Regent sein wahres Geschlecht beweisen zu müssen. Keine Vorschrift verlange dies, auch nicht, als Herr oder Herrin eines Landes vermählt sein zu müssen.

Die vom Vater verdrehte Tochter: Bedeuteten für Irmgard die ihr aufgezwungenen Attribute eines männlichen Herrschers keine Überforderung? Natürlich. Denn die ihr auferlegten Unterdrückungen verbargen nur außerhalb ihres Zimmers ihr wahres Geschlecht, das sich nicht umwandeln ließ. Sie lebte nicht mehr in der Verborgenheit in ihres Vaters Burg, ihr Dasein spielte sich nun in aller Öffentlichkeit ab. Da muss man sich nicht Gedanken darüber machen, ob die Seele eines missbrauchten jungen Menschen nicht Schaden erlitten habe, ob die Seele überhaupt noch der alles entscheidende Teil in einem menschlichen Körper ist, in dem sie lebt und den sie steuert. Ihr Leben war seit ihrer Geburt dem Willen ihres narzisstisch veranlagten Vaters unterworfen, dem es versagt war, sich über Konsequenzen für sein unnatürliches Denken und Handeln Gedanken zu machen. Im übrigen galt dies für alles, was er dachte und tat. Für seine von ihm seit ihrer Geburt nach außen hin geschlechtlich umgestaltete Tochter hatte es sein nie zu ändernder Geist geschafft, sie dorthin zu versetzen, wo er sie lenken, ja ständig beeinflussen konnte. Am Ende fehlte nur noch ihre Inthronisierung, die sich entgegen seiner Erwartung ziemlich hinzog. Er hatte damit gerechnet, seinen Bruder Ulrich frühzeitiger abdanken zu sehen.

Nach dem Einzug auf die Brandenburg hatte sich Irmgard wie in einem goldenen Käfig gefangen gefühlt. Hätte sie sich ihrem Oheim nicht sofort offenbaren sollen, und ihre Weiblichkeit, um sie nicht länger verbergen zu müssen, endlich auch nach außen hin Wirklichkeit werden zu lassen? Nein, ihr war nicht die Zeit eines intensiven Überdenkens der ganzen Angelegenheit gegeben, auch nicht in den Stunden auf dem Weg zu dem älteren Bruder ihres Vaters in Brandenburg. Mit der versiegelten Nachricht des Markgrafen war sie an jenem Abend regelrecht überfallen worden, genau gesagt, von ihrem Vater Adalbert. Ihrem Oheim wäre von keiner Seite vorzuwerfen gewesen, vorschnell und unbedacht vorgegangen zu sein. Im Gegenteil: Er wollte verhindern, seine Nachfolge nicht rechtzeitig in die Wege geleitet zu haben. Er hatte auch nicht von Adalbert verlangt, dass sich Irmgard – für ihn Sohn *Konrad* – innerhalb der nächsten Stunden sich auf den Weg auf die Brandenburg zu begeben. Für Adalbert allerdings ist es umso dringender gewesen, dass sich Tochter Irmgard nach wenigen Stunden der Vorbereitung sofort auf den Weg machen musste.

Irmgard *(Konrad)* auf der Brandenburg.

Nach wenigen Wochen versuchte sie es nicht mehr, nach Antworten auf ihre quälenden Fragen zu suchen. Denn aus ihrer Situation herausführende Möglichkeiten waren vertan, weitere fanden sich nicht.

Inzwischen wurden von den maßgeblichen Höflingen die Vorbereitungen für einen Machtwechsel fortgesetzt, gut überlegt, denn Eile war nicht mehr geboten. Solange sich des Markgrafen gesundheitliche Probleme, wie vor Kurzem noch befürchtet nicht verschlimmerten, musste die Inthronisierung nicht kurzfristig vorgenommen werden. Es hatte sich herausgestellt, dass nach dem Kenntnisstand des Heilkundigen, der den Markgrafen betreute, keine Besorgnis anzeigende Krankheit festzustellen war. Die oft wiederkehrende körperliche Schwäche Ulrichs schrieb man letztlich seinem Alter und einer (zuvor bereits angedeutet) gewissen Überarbeitung zu. Und somit tröstete sich der Regent mit der Erkenntnis, dass nur wenige Menschen bis ins hohe Alter weitestgehend mit Beschwerdefreiheit gesegnet seien. Jedenfalls konnten nun nach Stand der Dinge die Thronangelegenheiten in Ruhe und mit Überblick bearbeitet werden.

Irmgard mit ihren unterdrückten Sorgen und Nöten musste nicht mehr einer erforderlichen Eile, sich auf ihren neuen Stand, auf ihre Aufgaben konzentrieren zu müssen, nachkommen. Die Vorbereitungen für ihre Inthronisierung trafen und verantworteten andere Bedienstete bei Hofe. So waren es auch ablenkende Stunden, die ausgleichend, ja wohltuend ihr Gemüt beeinflussten. Und sie fühlte sich bald nicht mehr fremd in einem Bereich, der ihr viele Jahre nur vom Hörensagen bekannt war. Die Brandenburg selbst hatte sie sich gedanklich als eine mächtige, Respekt einflößende Anlage vorgestellt. Nein, mit ihrer heimatlichen Holtenburg war sie nicht zu vergleichen. Jene stand umfangsmäßig nicht wesentlich größer auf der Waldhöhe, aber wesentlich stabiler, da ihre Bauten sämtlich steinverbaut waren.

Aber nun weiter. Finden den Menschen betreffende Veränderungen statt, hauptsächlich sichtbare, dann bieten sie sich Außenstehenden kurz über lang dar. Veränderungen, die sich im Verborgenen abspielen, benötigen oft eine lange Zeit bis sie die Öffentlichkeit erfährt. Dann aber breiten sie sich wie ein Lauffeuer aus, wenn es sich um Dinge handelt, die nicht nur einzelne Menschen, beispielsweise im Bereich des Adels, interessieren. So war es auch, als vom Burgbereich ausgehend ein Ereignis in die Stadt und in die Mark getragen wurde, was die Untertanen in Begeisterung versetzte. Besonders lautstark widerhallte in den Gassen der beiden Stadtteile der Ruf:

„Prinzessin Constanze hat einen Sohn zur Welt gebracht!"

Nach dieser erhellenden Bekanntgabe vertieften sich die Bürger in Stadt und Land aber bald in Erörterungen, auf welche Art und Weise die Prinzessin zu ihrem Kind gekommen sei. Wie es zustande kam, nein, darüber mussten keine Worte oder Gedanken verschwendet werden. Natürlich galt die Frage, wem die Vaterschaft zuerkannt werden konnte.

Aber allzu lange musste auf eine Antwort nicht gewartet werden, denn die Menschen in der Mark hatten sich bald selbst aufgeklärt, besser, sich eingeredet, dass Thronanwärter *Konrad* der Vater des Kindes sei, ja, es sein müsse. Ob vermählt oder nicht, darüber wurde nicht diskutiert, das habe angeblich auch nichts mit der Thronbesetzung zu tun, die unumstößlich *Konrad* zustand. Die Prinzessin Constanze konnte bekanntlich keinen Anspruch auf die Regentschaft erheben, da die Affäre mit dem Junker Detzin in der Öffentlichkeit nicht unbemerkt geblieben war. Gewiss, Constanze stand für sie nicht unbefleckt da, was der zum Sohn *Konrad* umfunktionierten Baroness Irmgard zugutekommen sollte.

Deutlicher gesagt hatte die Prinzessin nach ihrer Liebschaft mit dem Junker Detzin einerseits ihren Thronanspruch verloren, andrerseits kam der unbefleckte *Konrad*, Sohn des Barons Adalbert, ohnehin zum Zuge, was vorrangig die Thronbesetzung anbelangte.

Es verhielt sich so, dass niemand von den Untertanen den Zeigefinger hätte heben können, weil die Prinzessin einem Betrüger aufgesessen sei. Das Verhältnis mit dem Junker Detzin war nicht an die Öffentlichkeit gedrungen. Hätten sich andrerseits die Untertanen über eine ehemalige Liebschaft Constanzes den Kopf zerbrochen? Wohl nur vorübergehend. Denn nun schien verbucht zu sein, dass *Konrad* der Vater des Kindes sein müsse.

Sehr viel ernster allerdings ist die Sache vom Thron aus und dessen engem Bereich aufgenommen worden. Doch seitdem das brandenburgische Herrscherhaus des Markgrafen nicht nur auf einen männlichen Thronnachfolger bestand, sondern auch auf einen sogenannten unbefleckten weiblichen Nachkommen, musste Constanze auf das Thronerbe verzichten – mit und ohne Kind. Diese Regelung ist der Prinzessin bekannt gewesen. Ihr war aber nicht in den Sinn gekommen, dass ein vorübergehendes Liebesverhältnis zwar verheimlicht werden konnte, aber nicht, wenn daraus ein Kind hervorgegangen war.

An ihre Thronübernahme hatte Constanze stets mit gemischten Gefühlen gedacht, was ihrem Vater nicht entgangen war. Seine Tochter war ein friedliebendes und gläubiges Geschöpf, das nur eingeschränkt in der Lage sein werde, eine, falls erforderlich, nötige Härte des Regierens aufbringen zu können. Constanze war nie wild darauf gewesen, dem Land irgendwann als Regentin vorstehen zu müssen. Seid ihrer Kindheit war ihr klar, dass zum Regieren nicht nur mildtätiges Handeln, sondern gleichermaßen auch ein öfter notwendiges derberes Regieren vonnöten war. Wie auch immer, sie hatte sich gedanklich nicht daran gewöhnen können, den väterlichen Thron zu beerben. Nun, nach der Geburt ihres unehelichen Kindes, schien das alles erledigt zu sein.

Nicht lange, da hatte sich ihr plötzlich eine andere Situation aufgedrängt, die es ihr ermöglichen könne, dennoch eine bedeutende Rolle in der Mark spielen zu können. Es war ein sich in ihr plötzlich aufgebauter Racheplan gegen *Konrad*, der zu einem nie zu erwartenden Ende führen sollte.

Bereits mit der fortgeschrittenen Schwangerschaft seiner Tochter hatte sich in Markgraf Ulrichs Gedanken eine völlig neue Situation eingefügt die auf eine besondere Möglichkeit hinwies. Zwar betrübte ihn das anscheinend nach wie vor widerwärtige Verhältnis zwischen seiner Tochter und seinem Nachfolger, er beabsichtigte aber keinesfalls, sich dem zu unterwerfen und das sich in ihm festgesetzte Vorhaben aufzugeben. – Vorhaben? Nachdem Constanzes Schwangerschaft sichtbar geworden war und sie sich hartnäckig weigerte, den Namen des Kindsvaters zu nennen, entschloss er sich, seine Macht einzusetzen. Er beschloss, dass *Konrad* Constanze in die Ehe führe, wenn sich dessen Vaterschaft, was seiner stillen Meinung nach nicht zu bezweifeln sei, bestätigte. Er wusste, dass trotz vergangener Querelen ein Näherkommen zwischen den beiden nicht ausgeschlossen werden konnte. *Konrad* musste aufgrund seines Äußeren, seines Wesens, doch in der Lage sein, Constanzes Herz in Unruhe zu versetzen. Wenn das aber nicht zu erwarten war, dann war er befugt, zum Wohle des Landes eine Vermählung der beiden jungen Leute anzuordnen. Zunächst hoffte er, seine

Tochter und *Konrad* fänden bald in Liebe zueinander, wenn nicht – dieser Gedanke schmerzte ihn –, dann bliebe ihm die Maßnahme, die Vermählung im Sinne staatlicher und familiärer Raison anzuordnen. Er dachte zurück: Hatte er damals sich seine künftige Gemahlin aussuchen dürfen? Nein – aber er und seine Gräfin lebten nach ihrer ehelichen Zusammenführung in tatsächlicher Liebe und gegenseitiger Achtung. Den frühen Tod seiner Gräfin hatte Ulrich nie überwinden können, was Kundigen unter den Adligen des Landes nicht entgangen war.

Auch in Prinzessin Constanze hingen gleichsam die Gedanken ihres Vaters nach. Ihre Planung war, als durchaus zu erwartende zukünftige Gemahlin *Konrads* und Markgräfin wollte sie sich unmittelbar neben dem Thron platziert sehen. Doch zunächst sei für sie vorrangig *Konrad* die Vaterschaft ihres Kindes aufzubürden. Sie wollte vortragen, dass die Zeugung nicht lange nach dessen Ankunft auf der Brandenburg stattgefunden habe. Beide habe die sofort empfundene gegenseitige Sympathie zueinander geführt. Gehe *Konrad* darauf ein, werde es ihr nicht schwerfallen, endlich für ein dauerhaftes Liebesverhältnis zu sorgen.

Die eher schüchterne und oft ängstliche Constanze wollte ihre letzte Möglichkeit wahrnehmen, *Konrad*, dem ehrbaren Thronfolger, die Vaterschaft anzuhängen. Sie glaubte sich ihrer Sache sehr sicher, da es für ihn nicht möglich sei, einen Gegenbeweis anzutreten. Punktum, sie werde den Thronfolger *Konrad* als Vater ihres Kindes und zukünftigen Gemahl der Öffentlichkeit bekanntgeben lassen. Mit dieser Maßnahme habe sie sich dann ins Reine gebracht, sodass auch ihrer Erhöhung zur Markgräfin nichts mehr im Wege stehen werde. Und der alternde Markgraf Ulrich? Angesichts eines neugeborenen Prinzen oder einer Prinzessin werde er sich wieder mit zukunftsfreundlicheren Gedanken beschäftigen können und ausgiebig Glücksmomente genießen.

Indessen hatte sich Constanze für den Fall, dass *Konrad* die Vaterschaft von sich weisen sollte, noch ein zweites Vorhaben zurechtgelegt. Denn lehne er die Vaterschaft ihres Kindes ab, dann sei es für den Markgrafen erforderlich, den wahren Vater ausfindig zu machen. Werde sich Constanze dann unverändert in Schweigen hüllen, mussten zwei unabhängige und rechtskundige Adlige als Richter eingeladen werden, die sich ihrerseits mit der leidigen Sache zu befassen hatten. Constanze hatte einen gesunden Knaben zur Welt gebracht, sodass die Angelegenheit ihren Lauf nehmen konnte.

Als nach geraumer Zeit Baron Adalbert auf der Holtenburg erfuhr, Constanze sei die Mutter eines Knaben geworden, versuchte er einen Luftsprung und rief seiner Gemahlin Hiltrud zu:

„Lang lebe der kommende Markgraf *Konrad*, unsere Tochter Irmgard! Hahahaaa! Denn siehe, unserem *Konrad* ist die Markgrafenkrone sicher. Junker Detzin ist meiner Anordnung nachgekommen und hat seinen Auftrag erfüllt. Nun wird er auch bald seinen Lohn empfangen!" Und erneut folgte ein schrilles Auflachen, womit er eine längst getroffene geheim gehaltene Entscheidung unterstrich, wann und auf welche Weise er den Lohn auszuzahlen gedachte.

Der Junker, bisher unablässig die zu erwartende Belohnung Baron Adalberts im Kopf, hatte sich über den Fortschritt der Auswirkungen seiner ständig informieren lassen. Er wollte, wenn Constanze ein gesundes Kind zur Welt gebracht habe, sofort den Kontakt zum Baron wieder aufnehmen, um ihn an sein Versprechen zu erinnern.

So kam es, dass der Herr der Holtenburg nach der verkündeten Nachricht von dem Ereignis auf der Burg seines Bruders nicht zögerte, seine ebenfalls hocherfreuten Bauern, Handwerker, Fährleute und den Fischer kräftig feiern zu lassen. Dass ab sofort ein kleiner gesunder Prinz gestillt werde, vervollständigte die gütige Fügung des Schicksals. Die Frage, wer den Markgrafen Ulrich auf dem Thron folgen werde, war seit Wochen hinreichend beantwortet, obendrein nun auch der vermutlich weit spätere Nachfolger auf den Thron in der Person des gerade auf die Welt gekommenen Sohnes Prinzessin Constanzes und – *Konrads?*

Doch wie erfreulich die Geburt eines Kindes auch ist, dazu Mutter und Säugling wohlauf sind, so fragwürdig war in den Adelskreisen der Mark die Niederkunft Constanzes aufgenommen worden. Fragwürdig auch, dass des Landesvaters Tochter, ohne vermählt zu sein, eines Knaben entbunden worden war. Die Geburt eines Kindes war selbstverständlich nicht bedauerlich, umso mehr aber, dass bisher in der Mark niemand Name und Herkunft des Vaters erfahren hatte. Wurde diese Sache bei Hofe aus bestimmten Gründen absichtlich zurückgehalten, um dem Volk eine zusätzlich erfreuliche Offenbarung nachliefern zu wollen? Schnell kehrte eine zufriedenstellende Ruhe ein, nachdem landesweit widerhallte, der beliebte Thronfolger *Konrad* sei der Vater des neugeborenen Knaben. Da beantwortete sich die Frage nach der anschließenden Vermählung *Konrads* mit Constanze und gleichzeitiger Inthronisierung gewiss von selbst. Constanze hatte von der Euphorie des Volkes nichts mitbekommen. Mit ihrem Säugling hielt sie sich dermaßen zurück, sodass bisher nur ihr Vater – neben der Geburtshelferin und Betreuerin – das Kind zu Gesicht bekommen hatte.

Markgraf Ulrich aber plagte sich weiterhin mit schmerzlichen Gedanken herum ihn erinnernd, im Interesse der Familien- und Machtraison Constanze und *Konrad* vermutlich zwangsvermählen zu müssen. Denn besonders auffallend, ja merkwürdig für ihn war, dass *Konrad* auch nach Tagen sich nicht vorgenommen hatte, Constanze mit ihrem Söhnchen zu besuchen. Scheute sich *Konrad*, Constanze gegenüber endgültig erklären zu müssen, gar nicht der Vater ihres Kindes sein zu können? Nein, sie, Prinzessin Irmgard, wollte darauf warten, was noch alles auf sie, ja auf alle um den Markgrafen herum zukommen werde. Sie ahnte nicht Constanzes Plan, den sie nach *Konrads* weiterer Ablehnung der Vaterschaftsübernahme auszuspielen gedachte. Und Constanze wiederum ahnte nicht, dass ihr Plan das Gegenteil von dem bewirken wird, was sie am Ende für sich und ihr Kind zu erzwingen gedachte.

Nebenbei sei bemerkt, dass für eine damalige junge Frau aus dem so genannten einfachen Volk die uneheliche Geburt eines Kindes sicherlich ebenfalls Probleme aufwarf. Eine strafwürdige Angelegenheit war es aber nicht, löste gelegentlich nur Hohn und Spott in der Nachbarschaft aus. Hingegen war eine uneheliche Geburt im direkten Familienbereich einer Landesherrschaft eine bedeutende und folgenschwere Sache, noch dazu, wenn von der Mutter Name und Herkunft des Kindsvaters nicht preisgegeben wurde.

Prinzessin Constanze versteckte sich aus bestimmtem Grund hinter ihrer Verschwiegenheit, auch vor ihrem Vater blieb sie stumm. Sie hielt sich ohnehin von ihm fern.

Deutlich und schmerzhaft hatte sie erfahren müssen, grob abgewiesen worden zu sein und somit niemals des Thronfolgers Gemahlin werden zu können. Dazu war ihr Zorn auf den Junker Detzin schier unerträglich geworden, sodass sie sich oft zusammennahm in der Hoffnung, ihn eines nicht mehr fernen Tages hasserfüllt gegenüber zu stehen, um sein qualvolles Sterben zu verfolgen.

Und *Konrad,* alias Irmgard von der Holtenburg? Öffentlich oder wie auch immer sich als Vater des Kindes von Constanze zu bekennen? Undenkbar! Statt dessen werde die Sache – sie war sich sicher – ein gerichtliches Verfahren nach sich ziehen.

So sollte es dann auch kommen. Es wurde ein Prozess angesetzt, in dem sich zwei ausgewählte rechtskundige Angehörige des hohen Adels bemühen sollten, die Vaterschaft des Kindes von Constanze zu klären. Dass dann unmittelbar vor dem Prozessbeginn ein weitaus schwierigeres Verfahren angegangen werden musste, konnte niemand ahnen. Nur eine Person hatte sich darauf eingestellt.

Die arme Constanze hätte sich Unannehmlichkeiten ersparen können, wenn sie den Vater ihres Kindes nicht von Anfang an verheimlicht hätte. Doch warum gab sie den Namen des wahren Kindsvaters nicht preis? *Konrads* wahres Geschlecht konnte nicht der Grund sein, aber er selbst. Für Constanze war er ein ansehnlicher junger Mann, der Thronfolger, der sie verstoßen hatte, an dem sie sich zu rächen beabsichtigte. Vor den Edlen der Mark wollte sie *Konrad* bloßgestellt sehen, nichts weiter. Es interessierte sie nicht, wie sich die Richter zu der Sache äußern werden.

Der anberaumte Gerichtstag rückte näher. Die leidige Vaterschaftssache der Prinzessin Constanze sollte dadurch geklärt werden, endlich den Vater ihres Kindes bekannt zu machen. Dass der Markgraf darunter litt, sein einziges Kind vor einem Richter stehen zu sehen, ist nicht schwer nachzuvollziehen. Nun hoffte er, diese Angelegenheit zwar nicht vergessen, aber schnell hinter sich bringen zu können. Danach stehe nichts mehr der anzugehenden neuen Thronbesetzung im Wege.

Seine gesundheitliche, vor allem psychische Beeinträchtigung ließ er sich nicht anmerken, sein hoher Stand hieß ihm stets Würde zu bewahren.

9. Kapitel

Am frühen Vormittag des Prozesstages hatten sich den Einladungen folgend die in der Mark höchst Stehenden im Thronsaal versammelt. Unter ihnen hielten sich natürlich auch die Patrizier und Geistlichen der beiden Ortsteile Brandenburgs auf. Es war eine Versammlung der Vornehmen der Mark, die immer dann zusammenkamen, wenn wichtige Angelegenheiten behandelt werden mussten.

Nun wurde die hohe, schwere Doppeltür seitlich des Saales geöffnet, durch die der ganze Thronbereich an der linken Stirnseite des Saales zu überblicken war. Eine weitere Doppeltür befand sich im hinteren Bereich der Seitenwand. Der Burgherold, sein weiter, bodenlanger Mantel in den Wappenfarben der Markgrafschaft, trat würdevoll ein und stieß seinen Stab dreimal kräftig auf den steinernen Fußboden, was augenblicklich die Gespräche im Saal verstummen ließ. Stimmgewaltig kündigte er an:

„Erweist Seiner Königlichen Hoheit Markgraf Ulrich von Brandenburg und Kurfürst* des Heiligen Römischen Reiches Deutscher Nation, Eure Ergebenheit!"

Und indem er zur Seite trat, bildeten die Versammelten sofort eine Gasse, nahmen ihre Kopfbedeckung ab und nahmen eine leicht gebeugte Haltung ein. Ulrich, auf dem Haupt die sogenannte Laubkrone, schritt in majestätischer Haltung, wenngleich erkennbar nicht mühelos, auf den Thron zu. Begleitet wurde er vom *Ersten Ministerialen* und vier jungen bediensteten Höflingen aus dem Hochadel. Doch der

Bedeutendste nach dem Markgraf war der Erste Ministeriale, gewissermaßen die rechte Hand seines Herrn. Herkunftsbedingt war er unter den vier anderen begleitenden Höflingen angesiedelt. Nicht nur, dass er der Älteste unter ihnen und stets in der Nähe seines Herrn anzutreffen war, er galt in Angelegenheiten der beratenden Landesführung als der Erfahrenste, sodass niemand ihm sein Amt streitig machen konnte und es auch gar nicht wollte.

Im Thronsaal. Von den Versammelten erfuhr Markgraf Ulrich eine hohe Achtung, wie seit jeher von seinem Volk. Des Herrschers körperliche Schwierigkeiten waren ihm anzusehen. Einerseits beunruhigte Ulrichs Gesundheitszustand die Gäste im Saal, andrerseits freuten sie sich auf die kommende Regentschaft ihres neuen, wenngleich noch jungen Herrn *Konrad*, dem bereits kurz nach seiner Ankunft der Ruf angeheftet worden war, ein gebildeter, gerechter und gütiger Nachfolger seines Oheims Ulrich zu werden.

Nachdem der Markgraf in seinem Thronsessel und sein Nachfolger *Konrad* in einem Hochlehnstuhl Platz genommen hatten – der Erste Ministeriale stand stets rechts neben dem Thron –, gebot das Aufklopfen des Heroldstabes den Versammelten, das Gesicht zu heben. Sofort richteten sich aller Blicke auf den Landesherrn, um ein Bild von dessen äußerem Zustand aufzunehmen. Zu diesen Beobachtern zählten ebenfalls zwei ausgewählte zu Richtern bestimmte Adlige des Landes, denen unweit vom Platz des Ersten Ministerialen jeweils ein Stuhl hinter einem Tisch zugewiesen worden war. Auf dem Tisch lagen Pergamente, Federkiele und Tinte.

Entgegen früherer Zusammenkünfte, wenn der Markgraf in prunkvoller Aufmachung den Adel um sich geschart hatte, war er am heutigen Tage einfacher gekleidet. Nur sein offener, ärmelloser Purpurmantel, verbrämt mit Marderfellen, wies hin auf seinen hohen Stand. Heute schmückte die Laubkrone sein Haupt, die er gern Arbeitshut nannte. Die von Markgraf Ulrich ausstrahlende hohe Würde erfuhr aber auch ohne herrliche Aufmachung keine Schmälerung.

Und was erhoffte sich Ulrich am Schluss des heutigen Prozesstages? Nichts sehnlicher als einen zufriedenstellenden Abschluss der Sache nach Tochter Constanzes klärenden Antworten und Angaben. Es ging heute nicht um die sogenannte Beflecktheit der Prinzessin, es wurde gefordert, den Vater ihres Kindes ausfindig zu machen. Jedermann im Saal erhoffte sich eine schnelle Abwicklung dieses ersten Tagespunktes.

In des Thronfolgers weiblichen Brust schlug das traurigste Herz. Das freudigste hingegen unter dem Wams ihres Vaters, dem Baron und Prinzen Adalbert von der Holtenburg. Adalbert hatte sich in der Residenz seines die Mark regierenden Bruders eingefunden? Er hatte sich in Begleitung dreier Burgsöldner erst einen Tag zuvor auf den Weg nach Brandenburg begeben können, zwei Stunden nach Überbringung der markgräflichen Einladung durch einen Kurier. Anlässlich der Begrüßung Adalberts durch seinen älteren Bruder Ulrich auf dem Burghof betrachteten sich beide für einen Augenblick, als hätten sie sich nicht sofort erkannt. Doch dann umarmten sie sich, wobei Ulrich seinen Bruder lächelnd und mit einigen witzigen Worten willkommen hieß.

Die Vaterschaftssache interessierte Adalbert nur am Rande, die demnächst vorzunehmende Inthronisierung seines Pseudosohnes *Konrad* umso mehr. Über maßgebliche Dinge oder Abläufe war er erstaunlich gut informiert. Er hatte sich anscheinend auf das Wesentlichste, nämlich auf das, was auf seines Bruders Burg abzuspielen war, gut vorbereitet. Was ihm nicht zugetragen worden war, hatte er sich ausgedacht und zusammengestellt. Er war ein Meister darin, sich etwas vorzustellen und für richtig oder unsinnig befinden zu können, wenn ihm an sich Wichtiges nicht zugetragen werden konnte. Zudem war für ihn nicht mehr nachdenkenswert, dass nach seiner teuflischen Inszenierung hin Prinzessin Constanze ein Kind geboren und dadurch ihren Anspruch auf den Thron verwirkt hatte. Dass eventuell seine Tochter Irmgard mit Constanzes Kind in Verbindung gebracht werden könnte – irgendwie ist ihm das in den Sinn gekommen –, hatte in ihm eine derbe, aber schnell unterdrückte Heiterkeit ausgelöst. Die Frage nach der Thronfolge habe er dank seines hoch entwickelten Gehirns zu seinen Gunsten beantwortet, wenngleich in aller Heimlichkeit. Die Thronfolge sei somit seit Langem geklärt und nicht mehr zu diskutieren. Und seine Zufriedenheit, Irmgard nach ihrer Geburt in *Konrad* verwandelt zu haben, womit die Zukunft seines weiteren Nichtherrschens in der Mark ein Ende gefunden habe, könne er für sich nicht hoch genug bewerten. Und seine Sicherheit? Was für eine Sicherheit? Niemand anderes als er und seine Gemahlin wussten von den vergangenen Gegebenheiten. Nun ja, auch der verschlagene Detzin war einzubeziehen, denn immerhin hatte er den Weg zu Adalberts Ziel bereitet. Adalbert zerbrach sich in diesen Stunden nicht den Kopf über den Junker, dem er nach erfolgreicher Auftragsausführung guten Lohn versprochen hatte. Er nahm sich nur noch vor, die Angelegenheit mit der Belohnung abzuschließen, wenn er in wenigen Tagen zurück auf der Holtenburg sei.

Markgraf Ulrich hatte, wie schon gesagt, seinen Bruder Adalbert freundlich empfangen. Es war aber nicht die Frage aufgekommen, wen von beiden es zuzuschreiben sei, dass sie sich ein fünftel Jahrhundert lang nicht gesehen hatten. Nein, eine Diskussion darüber wäre nicht nur zeitaufwendig, sondern zum jetzigen Zeitpunkt auch sinnlos. Sie waren sich aus den Augen gekommen, Ulrich aber nie aus dem Sinn.

Und Irmgard? Sie hatte ihren Vater kühl und distanziert begrüßt mit für sie nötigem Abstand. Sie hatte auch nicht die Absicht, sich nach dem Befinden ihrer Mutter zu erkundigen. Nein, jeder noch so kurze Wortwechsel mit ihm hätte gegen ihn einen nachhaltigen Widerwillen in ihr hervorgerufen. Sie beließ es bei ihrer tiefen Verachtung für ihren Vater und empfand es wohltuend, mit ihm nicht in Berührung zu kommen. Und ihres Vaters Empfindung glich ihrer. Solange er Gast auf der Brandenburg sei, wollte Irmgard die Distanz zu ihm nicht kürzen. Die Gedankengänge seiner Tochter erreichten Adalbert ohnehin nicht, hätten ihn nicht im geringsten berührt. Seine Gedanken beschäftigten sich mit dem, was er viele Jahre vorbereitet hatte und was er in den nächsten Tagen für sich erwartete.

Am heutigen Prozesstag fühlte er sich unter den anderen festlich gekleideten Adligen als ein Gleicher unter Gleichen, bei genauer Überlegung sogar höhergestellt. Nun wartete er wie alle im Thronsaal Versammelten auf das, was geboten werden sollte. Er bewegte sich unauffällig, konnte leicht darauf warten, bis er es nicht mehr war. Noch war es ihm recht, dass er von den Residenzangehörigen und den Gästen aufgrund seines viele Jahre langem Daseins auf der Holtenburg nicht erkannt worden war. Doch nun sah er zunächst der Vaterschaftssache Constanzes entgegen und gleich darauf der Bekanntgabe des bereits festgelegten Termins der Inthronisierung seiner Tochter als künftigen Markgrafen.

Ein heftiges Klopfen im Saal verkündete den Beginn der Veranstaltung, die mit der Klärung der Sache Constanzes beginnen sollte. Zunächst ergriff Markgraf Ulrich das Wort, wies dem Vorsitzenden des zweiköpfigen Gerichts entsprechend der vorgeschriebenen Regeln an, mit dem Handlungsverlauf zu beginnen, zu einem Urteil zu kommen und es zu verkünden. Nach diesen Worten verließ Ulrich den Thron, ließ seinen ersten Ministerialen an sich herantreten mit der Forderung, ihn in den Nebensaal zu begleiten, wo er es sich auf einer Liege bequem machte. Diese bescheidene Lagerstatt war so platziert worden, dass er halb sitzend, halb liegend durch die offen stehende Doppeltür den ganzen Thronbereich überblicken und alles, was gesagt wurde, deutlich vernehmen konnte. Dem ersten Ministerialen gab er zu verstehen, wieder den Thron besetzen zu wollen, wenn er es für erforderlich halte. Seine Unpässlichkeit sei sicherlich bald vorüber. Bevor er in den besagten Nebenraum begleitet wurde, hatte er nicht versäumt, seinem geliebten *Konrad* ein aufmunterndes Kopfnicken zuzuwerfen.

Hatte Ulrich eine Schwäche nur vorgetäuscht, um seinen Nachfolger, der direkt neben dem Thron seinen Platz hatte, ohne ihn besonders den Würdenträgern und Verwahrern seines Reiches zu präsentieren? Denn in diesem Falle vom Thronsitz aus zu agieren, den beiden Richtern während der Verhandlung rechtliche Anweisungen zu erteilen, war nicht seine Aufgabe. Erst am Ende des Prozesses komme er zu Wort, um als letzte Instanz Entscheidungen zu treffen, falls er es für notwendig hielt. In diesem Fall gehe die Sache nach seiner geheimen Überzeugung davon aus, dass die Verhandlung reibungslos beendet werde. Dazu sollte dann sein Nachfolger einige Schlussworte von sich geben. Natürlich war ihm bewusst, dass gerichtliche Veranstaltungen von höchster Bedeutung, vorgenommen von den fach- und sachkundigen Rechtsvertretern der Mark, seinem Nachfolger alleinverantwortlich nicht zuzumuten waren. Hilfestellung war immer erlaubt und geboten, wenn es sein musste. Sie war jedoch zunächst vom ersten Ministerialen zu erwarten.

Vor dem Prozessbeginn hatte Thronfolger *Konrad* gebeten, ihm seine Anwesenheit zu ersparen. Doch seinem Wunsche konnte weder der Markgraf noch der Hauptrichter nachkommen. Die Staatsräson halte sie in der Verpflichtung, vernahm Thronfolger *Konrad* wie aus weiter Ferne. Und somit durfte *er* den Saal nicht verlassen.

Der Prozess war verkündet worden und nahm seinen Lauf. Der sich von seinem Sitz erhobene vorsitzende Richter hatte nach des Markgrafen Einführungsworten den Anwesenden das weitere Vorgehen des Prozesses bekanntgegeben.

Die unglückliche Constanze, gebeugt und wie vereinsamt unweit im Bereich des Thronfolgers Stuhl sitzend, hörte gleich darauf die Aufforderung des neben seinem Sitz stehenden Richters:

„ Eure Hoheit möge sich erheben und meine Verkündung in sich aufnehmen!"

Constanze, den Blick gesenkt, stand auf und vernahm:

„Es steht Anklage gegen Eure Hoheit mit dem Beweis, dass Eure Hoheit außerhalb eines ehelichen Bundes eines Sohnes entbunden worden ist. Nach unserem altehrwürdigen Gesetz kann darauf, sofern keine Milderungen anzuerkennen sind, die Todesstrafe verhängt werden, für die Mutter wie auch für den Vater. Ausnahmen für eine voraussichtliche Bestrafung oder Freisprechung gelten, wenn Seine Königliche Hoheit*, Markgraf Ulrich oder sein heutiger Vertre-

*Ansprache da zugleich Kurfürst 127

ter – hier der künftige Markgraf *Konrad* – vor der Urteilsfindung und dem Urteilsspruch genaue Kenntnis von der Sache erhielt und mit ihrem Wissen dem Gericht eine annehmbare Erklärung vorlegt, welche zu einer Strafmilderung oder einem Freispruch führen kann. Wird eine strafmildernde Erklärung anerkannt und angenommen, ist dem Gericht aufgetragen, eine Urteilsvorstellung anzugeben, die dann zu befürworten oder abzulehnen ist von Seiner Königlichen Hoheit oder seinem Bevollmächtigten. Nehmt als Angesprochene aufmerksam auf, was Ihr folgend zu hören bekommt."

Der Richter verbeugte sich gegen den Thronfolger und nahm seinen Platz wieder ein.

Konrad (Irmgard) erhob sich zögernd und zitternd vor Unruhe und stieß für alle sichtbar das Zepter nach vorn in die Luft, das Zeichen, sich sofort Gehör verschaffen zu wollen. Diese Geste war allen Anwesenden bekannt, auch wenn es hier nicht notwendig schien, da seit wenigen Atemzügen ohnehin gespannte Ruhe im Saal herrschte.

Unter ihrem reich bestickten Gewand schlug heftig Irmgards Herz, und plötzliches Mitleid gegenüber der armen Constanze durchflutete ihren Kopf. Tränen traten ihr in die Augen, und mühsam rang sie nach Worten. Endlich öffnete sie den zitternden Mund, bemüht, einen Satz zu formen. Die scharf beobachtenden beiden Richter glaubten, den Grund des Thronfolgers überkommene Trauer zu deuten, gestatteten sie ihm aber nicht, ebenso wenig dessen damit einhergehende Unentschlossenheit. Der maßgebliche Richter erhob sich, wandte sich dem Thron zu, verbeugte sich und mahnte mit beschwichtigender Stimme:

„Nicht hier, mein Gebieter! Eure Trauer ist verständlich, doch ist es notwendig, sie hier zu unterdrücken. Es sagt die

Vorschrift, dass Aussagen für oder gegen ein Mitglied der markgräflichen Familie nur vom Thron seiner Königlichen Hoheit aus verkündet werden dürfen, also vom Herrscher selbst, soweit Anschuldigungen ihn nicht selbst betreffen. Also soll die vorhin von Seiner Königlichen Hoheit Ulrich gegebene Anordnung gelten, dass der zukünftige Regent, Seine Hoheit *Konrad,* vorübergehend den Thron besetzen soll."

Ein Schaudern ließ die Brust der armen, in die Männlichkeit gedrängten Irmgard beben. Augenblicklich staute sich die Luft in ihr, verbunden mit dem Angst machenden Gefühl, nicht ausatmen zu können. Sie strengte sich an, sofort normal zu atmen und sich innerlich aufzurichten.

Zugleich durchfuhr den bisher im Hintergrund weilenden Baron Adalbert ein heftiges Zittern. Der noch nicht gekrönte *Konrad* sollte augenblicklich den Thron besteigen? Damit hatte der Baron nicht gerechnet. Aber es war im Einvernehmen mit dem Richter, dass des Markgrafen Ulrichs Wille durchgesetzt wurde.

Irmgard zögerte und war außer sich vor Angst. Sie wagte nicht, den Saal zu überblicken, wissend, dass aller Augen auf sie, auf den Thronfolger gerichtet waren. Würde sie noch länger zögern, könnte das unter den Richtern Fragen aufwerfen, die den Ablauf des Prozesses im Wege stehen könnten. Also verließ sie ihren Platz und ließ sich auf dem Thron nieder, woraufhin sich die Anwesenden im Saal wie auf Kommando tief verbeugten. Des Herolds dreimalig auf den Boden gestoßener Stab hieß die Versammelten, sich wieder aufzurichten, wobei sie gerade noch erkannten, dass des auf dem Thron Sitzenden Zepter auf Constanze wies. Zugleich hörten sie ihres baldigen Herrschers Worte, wenngleich gesprochen mit heller, brüchiger Stimme:

„Angeklagte, im Namen Seiner königlichen Hoheit Ulrich, Markgraf von Brandenburg und Kurfürst im Römischen Reich, erfülle ich als bestellter Nachfolger des Markgrafen von Brandenburg und nach Aufforderung des Gerichts die mir auferlegte Pflicht, Aussagen vom Thron aus zu machen."

Nach diesen Worten richtete *Konrad* und nunmehr Besetzer des Throns den Blick gegen die demütig das Gesicht senkende Angeklagte und fuhr fort mit ihrer Anklage:

„Constanze, Prinzessin von Brandenburg, so hört meine Worte und meinen Willen. Nach dem altehrwürdigen Regeln unseres Landes besteht für Euch die Gefahr, dass Ihr sterben oder in die Verbannung gehen müsst, wenn Ihr nicht bereit seid, dem Gericht Namen und Stand des Mannes zu nennen, der sich an Euch vergangen hat. Verlangt wie alle Gerechten, dass der Frevler seiner verdienten Strafe zuzuführen ist."

Und eindringlich setzte *Konrad* hinzu: „Ergreift diese Gelegenheit, rettet Euch, auch Eures Kindes wegen, solange es Euch vergönnt ist. Nennt dem Gericht und den Zeugen hier im Saal den Namen und Stand des Vaters Eures Kindes!"

Ernstes Schweigen hatte sich im Thronsaal ausgebreitet. Erst nach von jedermann im Saal lang empfundener Pause hob Prinzessin Constanze das Gesicht und wandte es dem Thronsessel zu. Einige Augenblicke, wie eine Ewigkeit wirkend, rang sie mit ihren Gefühlen. Doch dann stieß sie energisch die rechte Hand vor und zeigte geradewegs auf den Thron und rief für alle im Saal deutlich hörbar:

„Ihr seid der Vater meines Kindes, *Konrad* von der Holtenburg, ungekrönt sitzend auf dem Thron meines Vaters, dem amtierenden Herrscher der Mark!"

10. Kapitel

Constanzes anklagende Worte gegen den Nachfolger ihres Vaters Ulrich auf dem Thron von Brandenburg waren wie ein Blitz in die Reihen der Anwesenden gefahren. Gebeugt stand sie vor den beiden Richtern, das Gesicht demütig und wie gedankenlos gesenkt. Ihre innerliche Verfassung hatte sich auf ihre körperliche übertragen und vermittelte Ergebenheit, Schwäche und seelische Not.

Geplant hatte die Prinzessin bis heute ein ganz anderes Auftreten. Sie hatte nicht beabsichtigt, im Saal eine anklagende Aussage vorzubringen in der Hoffnung, ihre Vermählung mit *Konrad* herbeiführen zu können, womit auch ihre Ächtung aufgehoben sei. Es wäre die einzige Möglichkeit gewesen, sich aus ihrer Situation zu befreien. Zu diesem Zweck hatte sie sich in viele Stunden in ihrer Stube vorbereitet, gestützt auf ihres Vaters sehnlichsten, aber noch für sich geheim behaltenen Wunsch, sie vor seiner Abdankung mit Nachfolger *Konrad* vermählen zu lassen. Was hätte das für die Mark bedeutet? Am Ende seiner Regentschaft wäre die Inthronisierung seines Neffen *Konrad* – im Beisein seiner gewiss baldigen Gemahlin Constanze mit deren bereits geborenen und weit späteren, jedenfalls möglichen Nachfolgers auf den Thron – der Höhepunkt eines erfüllten Lebens gewesen. Alle zu behandelnden gerichtlichen Unannehmlichkeiten wären erst gar nicht aufgekommen. Stattdessen hätte die Sache bis in den letzten Winkel der Mark hörbaren Jubel ausgelöst. Und nach der Beantwortung aller der heute gestellten Fragen und einem daraufhin abschließenden feuchtfröhlichen Ausgang der Veranstaltung hätte der eine und andere Gast sein Ross für den Rückweg über den nächsten Tag hinaus satteln lassen können. Doch dieser Wunsch im Geiste des Markgrafen sollte und konnte sich nicht erfüllen.

Nun hingen die scharf betonten, belastenden Worte Constanzes über den Anwesenden mit Sicherheit ungeahnte drastische Folgen nach sich ziehend. War die kurze Aussage der Prinzessin vor den Herren der Mark ein Akt der Rache, nachdem vor einigen Monaten die sie hätte rettende unterwürfige Forderung, von *Konrad* geliebt zu werden, von ihm abgelehnt worden war? Sollte die sich nach langer Geduld ihr bietende letzte Möglichkeit, mit dem Thronfolger dennoch verbunden zu werden, ein Druckmittel sein? Und hätte sie ihre Offenbarung nicht besser mit versöhnlichen, nicht anklagenden Worten allen Ohren zugänglich machen sollen? Danach musste nicht ausgeschlossen werden, mit dem Wohlwollen des Markgrafen, dem endlichen Willen *Konrads* und natürlich der Richter die leidige Sache zu einem glücklichen Ende gebracht zu haben. Allerdings wäre es notwendig, *Konrad* hätte sich zu der Vaterschaft des Kindes Constanzes bekannt. Und die nicht minder explizierte Sache mit dem Junker Detzin? Sie bliebe versunken im Dunkel der Vergangenheit – vorerst.

Doch wiederum sollte es nach der Aufforderung des auf dem Thron sitzenden *Konrads* anders kommen. Ansinnen und Hoffnungen in Constanzes Gedanken wirbelten durcheinander, waren erneut erwartungslos geworden und lösten sich schließlich auf. Ein nicht zu beeinflussendes Unterbewusstsein ließ sie spüren, die Vaterschaftsfrage niemals auf einen von Hindernissen befreiten Weg lenken zu können. Und für die beiden Richter und den Anwesenden waren umgehend unvorhergesehene Fragen aufgetaucht, welche die für heute vorgesehenen Tagungsordnungspunkte verdrängten. Vorrangig war, in Erfahrung zu bringen, ob *Konrad* tatsächlich als Vater des Kindes von Constanze infrage komme.

Zunächst einmal entging es den Anwesenden nicht, dass die Prinzessin nach ihren anklagenden Worten anscheinend von einer Schwäche gequält wurde. Constanze wurde erlaubt, sich wieder auf ihren Lehnstuhl setzen zu dürfen.

War für die Angeklagte mit ihrer kurzen Offenbarung die Angelegenheit nun abgetan, da sie vor dem versammelten Adel unumwunden preisgegeben hatte, was ab ihrer sichtbar gewordenen Schwangerschaft bei Hofe ein Rätsel gewesen ist? Jeder im Saal empfand es merkwürdig, dass dem Markgrafen der Vater des Kindes seiner Tochter verschwiegen worden war. Hätte er dann nicht von sich aus Maßnahmen ergreifen können, um sofort den Kindsvater auffindbar machen zu lassen? Da hätte nicht erst ein Gericht einberufen werden und der märkische Hochadel zusammenkommen müssen. Oder war davon auszugehen, dass der Markgraf seine Tochter schonen wollte, allein, da diese aufgrund ihrer Lage zukünftig weder mit der Thronfolge noch irgendwelchen Staatsgeschäften zu tun gehabt hätte? Für ihn ist vorrangig gewesen, seinen geliebten *Konrad* auf das Herrscheramt vorzubereiten und sich nicht um mögliche Folgen für die sündige Constanze, die Prinzessin war und blieb, den Kopf zu zerbrechen. Dennoch ist es, was auch der Markgraf nicht verhindern konnte, im Sinne der Staatsraison erforderlich geworden, eine ungeklärte Vaterschaft innerhalb der erweiterten Herrscherfamilie nicht der Anonymität zu überlassen. Die Thronfolge war inzwischen, da der Markgraf keinen Sohn vorzuweisen hatte, längst festgelegt. Es ging allein dar-

um, den Mann, welcher der Herrscherfamilie einen entwür-
digenden Ruf verschafft hatte, zu fassen und zu verurteilen.
Denn für das höchste von Fall zu Fall stets neu zusammenge-
stellte Gericht in der Markgrafschaft war die Tat des Liebha-
bers Constanzes und Kindsvaters eine hochverräterische Angelegenheit.

Konnten die zu Richtenden entsprechend ihrer intensiven
Vorbereitung auf den heutigen Prozesstag den Zeitplan des
Tagungsverlaufes einhalten? Nach augenblicklicher Lage der
Dinge war das nicht mehr möglich. Die Vorbereitungen auf
den heute wichtigsten Verhandlungspunkt waren nutzlos geworden. Und die weitere Frage: War auch Markgraf Ulrich
als Vater Prinzessin Constanzes direkt in den Prozess einzubeziehen? Nicht unbedingt, da des Landesherrn Einbringung
augenblicklich nicht hilfreich wäre, da er zur Klärung der Sache kaum etwas hätte beitragen können. Ihn bedrückte nach
der Aussage seiner Tochter nichts weiter als eine Betroffen-
heit, wie sie bis auf Prinzessin Constanze jeden Anwesenden
im Saal befallen hatte. Was nun zu veranlassen war, lag nicht
in des Regenten Macht, sondern in den Händen der beiden
rechtskundigen Adligen.

Die Aussage Constanzes! Sie hatte alle hier Versammelten in Verwunderung versetzt. Und die beiden Richter mussten erkennen, dass ihre Prozessvorbereitungen innerhalb eines Augenblickes nutzlos geworden waren. Schweigen hatte
sich nach dem Ausruf Constanzes sofort ausgebreitet, was
hier und da nur von einem kaum vernehmlichen Flüstern
unterbrochen wurde. Von keinem der Anwesenden war zu
erwarten, sich in die plötzlich neue Situation hineinzuverset-
zen, geschweige denn beurteilen zu können. Denn ein ähnlicher Vorgang war ihnen bisher nicht zu Ohren gekommen.

In Prinzessin Constanze schien Ruhe eingekehrt zu sein, da niemand im Saal einen Gegenbeweis zu ihrer Behauptung hätte vorbringen können. Nichts hätte sie in ihrer Not daran hindern können, den Namen des vor Augenblicken den Thron eingenommenen *Konrad* in die Runde des versammelten Adels zu rufen. Gewiss, der Zeitpunkt der Zeugung ihres Kindes war errechenbar. Die Richter jedoch, vorweg gesagt, ließen diese durchaus wichtige Frage unbeantwortet. Constanze aber hatte sich darüber, bevor sie den Thronbesetzer beschuldigen und bloßstellen wollte, darüber Gedanken gemacht. Und ihr Vater, der Herr auf der Holtenburg? Sie war schnell zu der Ansicht gekommen, dass der sich mit dem Zeitpunkt der Zeugung ihres Kindes sehr wohl befasst hatte. Denn schließlich war er es, der Constanze mit dem Junker Detzin zusammengebracht hatte. Und die Richter? Machten sie sich Gedanken darüber, wann das Kind gezeugt wurde, um mit dieser Erkenntnis das Ermitteln des Kindsvaters zu erleichtern? Das sich angesagte Gewissen vertrieb Constanzes aufgekommene Ruhe mit dem gedanklichen Hinweis, die Richter könnten wie jedermann den Zeugungsmonat nachvollziehen. Es war auch nicht sonderbar, dass niemand im Burgbereich auf die Idee gekommen war, der verschwundene Junker Detzin könnte Constanzes Liebhaber gewesen sein und der Kindsvater. Nein, der Mann, der sich nur wenige Wochen auf der Brandenburg und in der Stadt herumtrieb, war vergessen. Die Liebenden hatten ihr Verhältnis zu verheimlichen gewusst. Sie trafen sich immer dann, wenn sie sich sicher waren, nicht wahrgenommen zu werden.

Sofort nach Constanzes Aussage hatten aller Blicke auf den Thron sitzenden *Konrad* gerichtet. Nur wenige der Adligen stellten sich insgeheim die Frage, ob dieser junge Mann tatsächlich der Vater des Kindes der märkischen Prinzessin sein könne. Und sie ergänzten dazu, falls dies zutreffe, dann müsse Constanze auch *Konrads* Gemahlin werden, wenn nicht freiwillig, so jedoch mithilfe eines Machtwortes des Markgrafen. Außerdem komme diese Regelung der Mark und allen Brandenburgern zugute. Denn es stand außer Zweifel, Constanze und auch *Konrad* seien sicherlich ein ideales Herrscherpaar, bei dem sich ein Liebesverhältnis von ganz allein einstellen werde, dazu die treibende Kraft eines gemeinsamen Sohnes. Was andrerseits zu denken gab, war *Konrads* angebliche Ablehnung, sich zu Constanze und dem Kind zu bekennen. Könne das geändert werden, dann sei es keine Schwierigkeit Constanze nach der Abdankung ihres Vaters, anstatt sie bestrafen zu müssen, als Landesmutter von Brandenburg neben Markgraf *Konrad* sitzen zu sehen.

Einige der überraschten Anwesenden nutzten die entstandene Pause, sich im Saal – nur an dessen Wandseiten standen Armlehnstühle nebeneinander gereiht – die Füße zu vertreten, wobei sie das Gehörte mit gedämpfter Stimme diskutierten. Heute waren sie Zeugen eines nicht erwarteten Prozessteils geworden, der von einer einsamen, aber anwesenden Person herbeigeführt worden war, nämlich von der Prinzessin Constanze.

Der auf einem Sofa im angrenzenden und offenem Raum befindliche Markgraf fühlte sich betroffen wie nie zuvor in seiner Amtszeit. Doch seine in Hoffnung schwimmenden Gedanken, die sich seit Langem mit einer Zusammenführung Constanzes und *Konrads* befasst hatten, waren plötzlich nur noch Schall und Rauch. Da das Geheimnis um den Vater des

Kindes nun anscheinend gelüftet worden war, nahm sich Ulrich insgeheim und unveränderlich vor, seinen Thronerben *Konrad* mit seiner Tochter Constanze zwangsvermählen zu lassen. Komme diese Gelegenheit tatsächlich auf ihn zu, werde die ihm gegebene Macht behilflich sein, seinen Willen zum Wohle der Mark und seiner Familie durchzusetzen. Dann sei, so seine Vorstellung, unstrittig davon auszugehen, am Ende seine märkischen Untertanen zufriedengestellt zu haben. Denen sei es letztlich egal, auf welche Art und Weise die Vermählung ihres neuen Herrscherpaares zustande gekommen war. Zudem war die Mark früh informiert worden, dass nach *Konrads* Amtszeit dessen Nachfolger, dem noch kein amtlicher Name zugeordnet worden war, bereits heute auf der Welt zu wissen. Dazu glaubte er voraussetzen zu können, die beiden Landesrichter kämen in Verbindung mit der Geistlichkeit nicht umhin, die ganze Angelegenheit abzusegnen.

Das alles waren Überlegungen des alten Markgrafen, denn noch waren er und alle Anwesenden im Saal eingebunden in Gegenwart und Wirklichkeit.

Wie der armen Constanze quälten auch die den Thron eingenommene Irmgard nicht mehr zu unterdrückende Ängste. Sie hatte sich von einer Sekunde auf die andere in eine noch nie erfahrene Hilflosigkeit versetzt, und sie sah auch keine Möglichkeit, ihr zu entkommen. Ihre Behauptung, *Konrad* sei der Vater ihres Kindes, musste jedenfalls bewiesen oder von allen Seiten auch ohne Nachweis anerkannt werden. In dieser speziellen Angelegenheit kam erschwerend hinzu, *Konrad* habe verbotenerweise den Thron des Landesherrn besetzt, was einer Missachtung der Macht eines amtierenden oder kommenden Herrschers gleichkam und je nach Beurteilung im schlimmsten Fall mit der Todesstrafe zu sühnen war. Doch solch eine Untat war dem Thronfolger nicht anzulasten, da nach Lage der Dinge die kurzfristige Benutzung des Thrones dem Willen des maßgebenden Richters zuzuordnen war. Diese Angelegenheit war für den Adel keine strafwürdige Handlung, sondern diente dem angehenden Prozessverlauf.

Die kurze Darbietung dessen, was sich im Bereich des Thrones abspielte, unterbrach nicht die ungewohnten Geräusche im Saal. Jedermann war versucht, gedanklich und mit gedämpft gesprochenen Worten nachzuvollziehen, was ihm seit wenigen Minuten geboten wurde. Nun wurde davon ausgegangen, dass es aufgrund der entstandenen verworrenen Situation eine klärende Stellungnahme von keiner Seite her zu erwarten war, geschweige denn zu einer sachlichen Beurteilung.

Constanzes anklagende Worte hingen gleich einem heftigen, dennoch wenig geräuschvollen Unwetter im Raum. Nur einige Sekunden nach ihrer Aussage verloren gleichzeitig Irmgard auf dem Thron wie auch ihr Vater Adalbert das Bewusstsein. Der Baroness war das Kinn auf die Brust gesunken, wobei sie, gestützt von Rücken- und rechter Armlehne, ihre Sitzhaltung und das Gleichgewicht beibehielt. Der Baron von der Holtenburg im Kreis anderer sich von ihrem Sitz erhobenen Anwesenden, schlug wie ein gefällter Baum rücklings auf den steinernen Saalboden, wobei er zwei hinter ihm stehende Gäste beinahe mit sich riss. Das dumpfe Geräusch des Aufpralls war von allen Versammelten nicht zu überhören. Der gestürzte Adalbert hatte sich an der Längsseite des Saales und dem über den schmalen Flur hinweg gegenüberliegenden Raum, in dem sein Bruder Ulrich sich niedergelegt hatte, aufgehalten. Dieser Standort schien ihm geeignet gewesen, sich den Versammelten zeigen zu können, hauptsächlich dann, wenn am Ende der Herold ihn, den Vater des künftigen Regenten, seinen Namen und seinen Stand aufrufen werde. Es war ihm nicht nur wichtig, als Vater des Nachfolgers auf dem Thron vorgestellt zu werden, sondern als Bruder des Markgrafen und somit Prinz von Brandenburg, der sich in seinem Reich den Titel Baron zugelegt hatte, weil der ihm – wie bereits weit zuvor erklärt – besser gefiel als Prinz. Die Erhebung seiner Tochter Irmgard zum Markgrafen *Konrad* ist von ihm nie angezweifelt worden, da seine von ihm ausgegangenen Maßnahmen und Berechnungen nicht fehlschlagen konnten. Nun aber hatte ihn dennoch eine Dramatik bewältigt und augenblicklich zu Fall gebracht.

Vier von den sechs Dienern, die nahe dem offenen Saaleingang und dem Ruheraum des Markgrafen Position bezogen hatten, waren schnell zur Stelle, um dem Gestürzten behilflich zu sein. Sie griffen ihm beherzt unter die Arme, sodass er in Sekundenschnelle wieder auf seinen Füßen stand. Gleich darauf bedankte er sich bei seinen Helfern mit dem Hinweis, Hilfe nun nicht mehr zu benötigen. Es sei eine kurze Schwäche gewesen, die sein Gleichgewicht gestört habe. Er schaute kurz in die Runde, ob er von den in seinem direkten Umkreis sich aufhaltenden Mitbesuchern noch betrachtet wurde. Diese hatten sich bereits wieder abgewandt, nachdem sie erkannt hatten, dass der Gestürzte keiner weiteren Hilfe benötigte. Gleichzeitig kehrte auch die auf dem Thron sitzende Irmgard in die Wirklichkeit zurück. Leicht vorgebeugt saß sie regungslos im Thronsessel, starren Blickes auf die beiden zu ihr hinaufführenden steinernen, mit schweren

Teppichen belegten Stufen. Es hatte den Anschein, als habe niemand um sie herum und somit auch nicht Saal ihr Unwohlsein bemerkt. Nein, nicht volle Gedankenlosigkeit hatte Irmgards Gehirn behindert, und es dauerte nicht lange, und sie hatte sich wieder in der Gewalt. Und es schien plötzlich, als sei es ihr gleichgültig, was auf sie zukommen werde. Und so war es auch. Denn augenblicklich war ihr bewusst geworden, in der Öffentlichkeit nicht mehr der Mensch sein zu müssen, den sie seit ihrer Geburt spielen musste. Sie war endlich die Person, wie sie auf die Welt gekommen ist, nämlich als ein weibliches Wesen.

Und es kam in ihre endlichen Gedanken: Sollte für mich das Gesetz eine Bestrafung vorsehen, ja sogar meinen Tod fordern, dann möge mich ein gnädiger Gott aufnehmen. Eine tiefer werdende Ruhe spürte sie in sich aufkommen, öffnete leicht den Mund und betete fast lautlos, was durch das inzwischen an- und abschwellende Gerede im Saal ohnehin niemand verstanden hätte:

„Herr, mein Gott, wenn ich in Sünde lebte, wenn ich an der Missachtung Deines Willens teilhabe, so erlöse mich von dem von dir geschenkten Erdendasein, das mich erniedrigte bis zu dieser Stunde. Errette meine Seele, Herr", und sie fügte hinzu: „und die meiner armen Mutter."

Nein, es war keine Furcht mehr in ihr, keine erschreckenden Gedankengänge. Den ihr von ihrem Vater aufgebürdeten viele Jahre begangenen Schicksalsweg hatte sie nun verlassen. Es kam ihr auch nicht in den Sinn, bereits sich offenbaren zu können, als sie nach Ankunft auf der Brandenburg ihrem Oheim Ulrich gegenüber stand und von ihm in den Arm genommen worden war. Was hätte das in ihr dann ausgelöst? Doch waren in ihrem damaligen Zustand ihre Gedanken überhaupt fähig gewesen, eine alles entscheidende Umkehr herstellen und bewältigen zu können? Diese Frage beantworten zu wollen, wäre ihr auch nach der bisher verbrachten Zeit auf der Brandenburg nicht möglich gewesen. Denn bis zu ihrer Berufung in den direkten Machtbereich ihres Oheims Ulrich lebte sie ständig in der Situation, als gehorsames, höriges Kind den Vorstellungen ihres fernen Vaters nachkommen zu müssen. Ihm war es anzuhängen, seine Tochter nach seinen Vorstellungen erwachsen werden zu lassen, wobei ihr die Liebe und Fürsorge eines Vaters versagt geblieben war. Ihr Leben wurde von einem törichten, ja teuflischen Gehorsam bestimmt.

Ein narzisstisch veranlagter Mensch ist es seit Geburt, er kann Liebe weder erklären, geben noch empfangen. Was er empfindet, sind die kurzfristigen Gefühle der Wollust infolge geschlechtlicher Handlungen, aber niemals eine im Geiste gefestigte Zusammengehörigkeit. Einem narzisstisch veranlagten Menschen ist dies alles nicht möglich. Er ist immer wieder, ja ständig auf der Suche nach einer neuen Verbindung, in der er für eine bestimmte Zeit seine körperliche Befriedigung auslebt, aber nicht in der Lage ist, aus der Seele heraus zu lieben und zu leben. Die Ehe mit einem Narzissten hält im Durchschnitt nie länger als fünf Jahre, jedenfalls so lange, bis der Partner, dem willkürlich die schlimmsten Verfehlungen im Verlauf der Ehe ins Gesicht geschleudert werden, endlich den Mut findet, sich zu verabschieden.

Irmgard war mit einem Schicksal behaftet, das sie von Kind an nur mit seelischer, ja auch körperlicher Kraft und in räumlicher Einsamkeit überstanden hatte. Einsam, da sie Kontakte mit ihresgleichen nicht hatte knüpfen dürfen. Immer noch den Thron besetzend, erfuhr sie eindringlich, dass des Menschen Lebensweg vorbestimmt und nur vorübergehend zu beeinflussen ist. Sich Gedanken über Versäumtes zu machen, das niemals rückgängig gemacht werden kann, durchfuhr es ihr, sei unnötig. Diese Erkenntnis nahm sie in Sekundenschnelle in Demut und sogar Dankbarkeit hin. Sie spürte deutlich und unwillkürlich tief aufatmend eine innerliche, ja seelische Befreiung von Zwang und unwirklichem Dasein. Und sie verspürte keinerlei Ängste, welchen Weg zu gehen ihr ab jetzt vorgeschrieben werde.

Und der Gestürzte? – Der negativ narzisstisch veranlagte Prinz Adalbert (Baron auf der Holtenburg) war nach seinem Sturz, wie bereits zuvor gesagt, schnell wieder in der Lage, klar zu denken. Zwei der Diener hatten ihn in einen kleinen Raum neben dem des Bruders und Markgrafen Ulrich verbracht, wo sich sofort einer der Diener um die kleine Platzwunde am Hinterkopf des auf einem Stuhl sitzenden Barons kümmerte. Die winzige Blutung musste nur kurz abgetupft werden und trocknete schnell unter dem dichten Haarwuchs. Adalbert fand schnell auf seinen Platz im Saal zurück.

Bereits während der wenigen Schritte dorthin hatte er sich Constanzes bemerkenswerte Worte ins Gedächtnis zurückgerufen. Ein Gewissen, das ihn mahnte und quälte, kam in ihm nicht auf, da ein Gewissen ihm nicht gegeben war. Nur sein Gesichtsausdruck hatte sich etwas verschoben, was auf einen verbliebenen Kopfschmerz hindeutete oder auf eine ärgerliche Reaktion oder auf beides.

Adalbert hatte zu Prozessbeginn seinen Standort im Saal danach gewählt, sich den Anwesenden zeigen zu können, wobei ihm auch seine Körpergröße verhalf. Wieder zurück auf seinem Platz wurde er von in seiner Nähe Sitzenden und

Stehenden nicht beachtet. Sie werden sich gesagt haben, jeder könne in die Situation dieses älteren Gastes kommen.

Die Anwesenden ahnten nicht, dass der Auslöser des Sturzes auf die Aussage Constanzes zurückzuführen war. Deren überraschender, irritierender Ausruf hatte ihren Vater aus dem Gleichgewicht gebracht. Nur einige leise gesprochene Fragen, wer der Gestürzte wohl sei, waren zu hören. Denn Baron Adalbert war in den adligen Kreisen nur dem Namen und seines hohen Standes als Bruder des Regenten und somit als Prinz bekannt. Zu Gesicht bekommen hatten ihn bislang nur wenige ältere Märker, im Bereich der Burg niemand. Waren von seinem Bruder und Landesherrn Zusammenkünfte des Adels angeordnet, wenn er als Kurfürst in irgendeiner Kaiserpfalz von einer Tagung im Kreise des Kaisers zurückgekehrt war, dann hatte es Prinz/Baron Adalbert nie für nötig gehalten, sich nach Neuigkeiten oder grundsätzlichen Änderungen im Reich zu erkundigen. Bisher hatte ihn auch das Wirken der Herrschaft Brandenburgs nur aus der Ferne interessiert, was sich von einer Minute auf die andere geändert hatte.

Im Hinblick auf eine baldige Thronfolge waren bei den märkischen Untertanen seit Jahren kaum Gedanken unterwegs gewesen. Im Laufe dieses Jahres aber, es war nicht geheim geblieben, wurde in Stadt und Land bereits über einen baldigen Herrscherwechsel diskutiert. Bekannt gewordene gesundheitliche Probleme waren es, die den ins Alter gekommenen Landesherrn angeblich zu schaffen machten. Somit war jedermann überzeugt, dass die Nachfolge auf dem Thronsessel der wichtigste Tagesordnungspunkt für den versammelten märkischen Hochadel sein müsse. Vermutungen waren Wirklichkeit geworden. Es zeuge von Weitsichtigkeit, hieß es schließlich, rechtzeitig an die Zukunft, an die Führung der Mark und ihrer Untertanen zu denken und entsprechend zu handeln. Das sollte nicht heißen, mit dem baldigen Ableben Ulrichs rechnen zu müssen. Es war stets von Vorteil, frühzeitig Maßnahmen und Entscheidungen zu treffen, die einen Regierungswechsel möglichst problemlos bewerkstelligten.

Verfolgen wir nun wieder das weitere Geschehen im Thronsaal auf der Brandenburg.

Nach Constanzes anklagenden Worten war den Anwesenden umgehend bewusst geworden, dass die vorbereitete Angelegenheit, die sie in die Residenz gerufen hatte, der jetzt in den Raum gestellten Kindessache weichen musste. Wie bekannt blieb Constanze aufgrund ihrer ehelosen Mutterschaft und somit entsprechend der Staatsräson der Anspruch auf die Thronnachfolge versagt. Ihre Hoffnung seit Jahren, ihre Mutter bringe doch noch einen Sohn zur Welt, hatte sich nicht erfüllt. Ihr war bewusst, später zwar als eine gerecht handelnde Regentin auftreten zu können, sich aber nicht entschlossen genug auch mal derb durchsetzend beweisen zu müssen.

Doch was bahnte sich nun an?

Constanze hatte seit ihrer Schwangerschaft ihre Gedanken an eine Übernahme der Mark abgelegt. Sie verbrachte ihre Tage nur noch mit der Betreuung ihres Kindes und dachte ständig über ihre und ihres Sohnes Zukunft. Dazu war sie sich bewusst, nach ihrem unüberlegten Verhältnis mit dem Junker Detzin mit einer Bestrafung belegt zu werden. Das war eine der verbrieften Regeln, die auch ihr Vater und Herr für sie nicht hätte verhüten können. Denn auch er musste sich an die Gesetze des Landes halten. Wenn auch die Sache mit Detzin über ein Jahr zurücklag, verjährte sie nicht.

Nun hatte sich Constanze nach reiflicher Überlegung gesagt, in einem wichtigen Augenblick *Konrad* als Vater ihres Kindes auszurufen. Würde dieser nicht darauf eingehen, werde der Markgraf mit der Anordnung eingreifen, sie mit seinem Thronfolger verehelichen zu lassen. Derlei Verfahren bestimmte in den höchsten Adelskreisen letzten Endes der jeweilige Herrscher. Auch daran hatte Constanze seit Tagen gedacht, dass ihr Vater als Landesherr die Vaterschaftsregelung allein des Friedens und der Staatsräson wegen zu ihren eigenen und des Landes Gunsten anordnen werde. Danach wäre sie als Regentin – gewissermaßen in zweiter Reihe – einerseits nicht nur sofort aus ihrer ehemaligen Liebesmisere heraus entlassen, sondern hätte sich andrerseits als Markgräfin nicht höher ansiedeln können, und drittens läge alles das, was gesamtheitlich dem Volk in der Mark Brandenburg dienlich sei, in der Macht ihres Gatten, nämlich des jungen Regenten *Konrad*.

(Hinweis: Es war und ist seit Jahrhunderten erlaubt, Vetter und Base zu verheiraten.)

Im Saal war es wieder stiller geworden. Nur hier und da geflüsterte Stellungnahmen und unausgewogene Meinungen wurden nur von jenen verstanden, die sie aufnahmen.

11. Kapitel

Die Aussage seiner Tochter Constanze hatte Markgraf Ulrich dermaßen überrascht, dass er augenblicklich sein Lager verließ, als sei er plötzlich von seinen Beschwerden entledigt worden. Zwei seiner vier Diener waren sofort zur Stelle, um ihren Herrn zu stützen, wobei sie ihn unter die Arme gegriffen hatten, um ihn sicher zum Thronsessel zu führen oder zurück auf seinen Liegeplatz zu setzen. Doch Ulrich entzog sich barsch ihren Griffen und strebte mit stockenden Schritten auf seinen Thron zu, von dem sich *Konrad* erhoben hatte und sich wie benommen auf dem Stuhl niederließ, den er vor dem Eklat bereits besetzt hatte.

Der plötzliche Ausruf Constanzes, der Thronfolger sei der Vater ihres Kindes, war eine Offenbarung, die wie ein Blitz in das Bewusstsein der Versammelten geschlagen hatte. Heute sollte Markgraf Ulrichs Nachfolge besprochen und terminlich festgelegt werden. Dieser für heute wichtigste zu erwartende Vorgang musste mit Constanzes Anschuldigung augenblicklich nicht abgeschrieben, so doch aber zeitlich verschoben werden, entweder noch heute als letzten Tagungspunkt oder auf den morgigen Tag. Allein aus Unterbringungs-, Verpflegungs-, aber auch Zeitgründen sollte auf einen späteren Tag zu wiederholende Zusammenkunft hier in der markgräflichen Residenz vermieden werden. Denn ein Thronfolger musste bestimmt werden, gleichgültig, sei es heute oder in einer Woche.

Prinzessin Constanze hoffte, nach der zu erwartenden endgültigen Bestätigung des Thronfolgers *Konrad* in seinem Amt, dazu dessen Ablehnung sich mit ihr vermählen zu lassen, einen nicht gar so steinigen Weg begehen zu müssen. Und sie hoffte, ihr Vater lasse Milde gegenüber seinem unschuldigen, unehelich geborenen Enkel walten. Und die Gäste im Saal? Anlässlich der demnächst vorzunehmenden Neubesetzung des Thrones hatten sie sich auf nutzbringende Gespräche vorbereitet. Aber die nun plötzlich im Saal wabernde Vater-Kind-Angelegenheit, die zuvor keinem Anwesenden in den Sinn gekommen wäre, erforderte sofort einen veränderten Tagungsablauf. Umso mehr verlangte jetzt die Neugier der Gäste, was Constanzes anklagende Worte nach sich ziehen werden. Zudem warteten sie nicht minder neugierig auf die Stellungnahme des Thronfolgers *Konrad* und am Ende die Reaktion und Maßnahmen des Landesherrn.

Geduldig harrten sie den Dingen, die auf sie zukommen den werden. Und der sich entsprechend seiner Würde in seinem Thronsessel wieder beruhigte, dem folgenden Ablauf anscheinend gefasst entgegensehende Markgraf ließ allein seiner Haltung nach alle im Saal wissen, was auf sie zukommen werde. Und der Herold unterstrich die geforderte Ruhe, indem er den Stab nicht auf den Boden stieß. Sekunden später zitierte Markgraf Ulrich die beiden rechtskundigen und zu richtenden Adligen zu sich und besprach sich mit ihnen. Diese für Constanze wie auch *Konrad* benötigte erweiterte, etliche Minuten dauernde Pause half ihnen, in die Wirklichkeit zurückzufinden. Ruhe durchströmte sie endlich und brachte ihnen nahe, ihr Schicksal nicht mehr beeinflussen zu können. Dann bedurfte es nur noch ein Aufrichten im Oberkörper, und sie hatten sich in die Lage versetzt, deutlich vortragen zu können, was aus ihnen heraus wollte. Und still und dankbar spürten sie, dass ihre Seelenpein sich plötzlich verflüchtigt und einem inneren Frieden Platz gemacht hatte.

Nachdem Markgraf Ulrich sich mit den beiden Richtern besprochen hatte, trat der Herold vor seinen Herrn, nahm einige Aufträge in sich auf, die er den Anwesenden zu Gehör zu bringen hatte. Denen drehte er sich nun zu und stieß gleichzeitig den Ankündigungsstab drei Mal auf den steinernen Boden. Danach gab er deutlich von sich:

„Seine Königliche Hoheit ordnet an, die beiden hier auch weiterhin amtierenden Rechtskundigen mögen sich bemüßigen, Wege zu erkunden, sie zu beschreiben und das Ziel, also das Ergebnis Seiner Königlichen Hoheit vorzulegen. Seine Königliche Hoheit wird daraufhin, falls Einwände Ihrerseits es nicht verhindern, entweder das empfohlene Urteil verkünden oder es von den Richtern überdenken lassen.“

Ein deutliches Aufatmen der Anwesenden im Saal hatte des Herolds Ankündigung unterstrichen. Jedem ist damit bewusst geworden, dass die für die Zukunft der Mark zu treffenden Regierungs- und Rechtsangelegenheiten nicht auf die lange Bank verschoben werden konnten. Was jetzt geklärt und dann in die Tat umgesetzt werde, vermeide vor allem, dass nach vielen Jahren erneut Völker aus dem Osten sich Eroberungsgelüsten hingaben in der Annahme, die Mark Brandenburg habe sich sturmreif geschwächt.

Die beiden Richter mussten Constanze wegen zu geringer Entfernung nicht vor sich treten zu lassen. Der Markgraf hatte sein Einverständnis gegeben, die Anzuhörenden auch auf ihrem Stuhl sitzend zu befragen.

Der vorsitzende Richter begann sofort mit den Worten in Richtung Constanze:

„Königliche Hoheit, Ihr nennt heute erstmalig den Vater Eures Kindes. Demnach ist das Seine Hoheit der Thronfolger *Konrad*. Steht Ihr weiterhin zu Eurer Aussage?“

Constanze antwortete sofort mit einem klaren Ja, senkte aber dabei Ihr Gesicht in den Schoß, was dem Fragesteller anscheinend nicht gefiel. „Es ist angebracht", sprach er mit milder Stimme, „während einer Antwort dem Fragenden in die Augen zu blicken. Und nun frage ich Euch, um sicher und gerecht zu urteilen, zum dritten und letzten Mal: Ist seine Hoheit Prinz *Konrad* der Vater Eures Sohnes? Antwortet wohlüberlegt."

Constanze gab sich einen innerlichen Ruck, als ihr nach der Frage des Richters eindringlich ins Bewusstsein gedrungen war, dass die Lüge nicht nur ihr weiteres Leben beeinträchtigen werde, sondern später auch das ihres Sohnes. Ihr zukünftiges Schicksal gleichermaßen auch ihm auf seinen vor sich liegenden Weg mitzugeben, sei unverantwortlich. Sie nahm sich zusammen und brachte mit fester Stimme vor:

„Ich bitte meine längere Überlegung zu entschuldigen und möchte nun vorbringen, was ich bisher verschwiegen oder verdreht habe. In meiner nicht zu bewältigenden Not hatte ich mich hinreißen lassen, Thronfolger *Konrad* als Vater meines Sohnes zu bezichtigen. Der Vater meines Sohnes ist in Wahrheit der Junker Detzin, der vor etwa einem Jahr für einige Wochen hier auf der Burg anwesend war. Nach nur wenigen Tagen hatte er sich mir in der Weise genähert, dass ich mich in ihn verliebte und mich bald ihm hingab. Unser Verhältnis verlief in aller Heimlichkeit. Nachdem der Junker von mir Kenntnis erhielt, mich in andere Umstände versetzt zu haben, verließ er unbemerkt Burg und Stadt. Und mir war plötzlich bewusst geworden, als vorgesehene Thronerbin, da vorehelich schwanger und somit befleckt, nicht mehr infrage kommen zu können. Zudem steht mir sicherlich noch bevor, obendrein bestraft zu werden. Den Junker Detzin verriet ich bis heute nicht, da er, wenn er nicht gewarnt werde, leicht zu fassen wäre. Ich wollte mit dessen Bloßstellung warten, da mir unbedacht *Konrad* in den Sinn gekommen war. Ich redete mir ein, durch ihn mein Schicksal wenden zu können, wenn ich den Thronfolger als Vater meines Kindes bezichtigte und er mich zur Gemahlin nimmt.

Nun, Hohes Gericht, ist für mich die Stunde gekommen, den Junker nicht mehr geheimzuhalten, sondern ihn öffentlich zu machen, sodass auch er zur Rechenschaft gezogen wird. Das tue ich, die sich selbst Schuld auferlegte, jetzt, um meine Rachegefühle und -gedanken in die Tat umsetzen zu können. Rachegelüste sind schändlich, mich aber werden sie, nachdem der Junker gefangen gesetzt worden ist, was ich voraussehe, in hohem Maße zufriedenstellen.

Mein letzter Wunsch ist, mein Vater möge in dieser Zeit des Ablaufs seiner Amtszeit dem Hohen Gericht empfehlen, mir meinen Sohn, der ein unschuldiges Kind in unserer Mark ist, zu belassen. Seinen Vater werde ich ihm später verschweigen, es sei denn, es wird anders entschieden und er der Wahrheit zugänglich ist. Habe ich meine Schuld in einem Verlies zu verbüßen, dann möge man ihn einer Amme übergeben und später in die fürstliche Erziehung meines Vaters oder dessen Nachfolgers *Konrad*. Ich weiß, dass meine Wünsche den von mir Angesprochenen eine Unverschämtheit bedeuten können, bitte aber nochmals inständig, meinen Sohn unbestraft zu lassen. Ich habe mir Schuld aufgeladen, was Sühne verlangt. Doch schont mein Kind. Sein Blut ist jetzt noch rein. Bitte lasst es rein bleiben. Böses Blut fließt in einem Menschen nicht bereits mit seiner Geburt, es wird erst von außen böse gemacht, wenn der Mensch in die Lage gekommen ist, das aufzunehmen, was ihm zugedacht wird."

Mit einem verhaltenen Schluchzen beendete Constanze ihren kurzen Vortrag, der anklagende wie auch entschuldigende Elemente preisgegeben hatte. In demütiger Haltung saß sie auf ihrem Stuhl – und eine Träne fiel in ihren Schoß.

Kein menschliches Geräusch störte in diesen Sekunden die Ruhe im Saal. Die Blicke der Anwesenden verloren sich vor ihren Füßen oder waren auf den Thron oder auf Constanze gerichtet, Haltung und Blicke, die keinerlei Regung verrieten ...

*****

Schlusskapitel

Was soll in unserer Geschichte nun noch offenbart und erzählt werden?

Wir sehen davon ab, in der Sache – sagen wir – die richterlichen Strafmaßnahmen in aller Ausführlichkeit zu schildern. Es wird ausreichend sein, die von Mark Twain begonnene fiktive Geschichte im Bereich des Markgrafen Ulrich von Brandenburg nicht romanhaft enden zu lassen. Wichtiger war für uns, Eigenarten, Ereignisse und Schicksale der von Mark Twain ins Leben gerufenen Protagonisten bis zu diesem Punkt erzählerisch und nicht stichwortartig den Leserinnen und Lesern nahezubringen. Folgend wird das anders sein.

Damals wie heute wurden und werden Übeltäter nach geltenden Gesetzen bestraft, wobei im Verlauf der letzten Jahre nur die Anwendung der Strafmaße Änderungen erfuhren. Seitdem wird in den sogenannten zivilisierten und antitotalitären Staatsgebilden nach den Grundsätzen der Menschenwürde geurteilt und verurteilt. Inhaftierungen in den heutigen Gefängnissen sind längst nicht mehr mit den schrecklichen Verliesen vor noch nicht langer Zeit zu vergleichen. Wohlgemerkt und wiederholt gesagt ist hier von Staaten auf unserer Erde die Rede, deren Gesetze die Würde des Menschen, sei er auch der schlimmsten Verbrechen angeklagt, berücksichtigen. In dem Land, beispielsweise wie in einigen Staaten der USA, wo richterlich nach wie vor die Todesstrafe festgesetzt werden kann, ist auch der schlimmste Verbrecher bis hin zu seiner Hinrichtung nicht physisch oder

psychisch zu quälen. Die Bestrafung mit dem rechtlich angeordneten Tod des Delinquenten wird für diesen möglichst
ohne minutenlanges Leiden vollzogen. Allerdings werden
wie vor tausenden von Jahren – besonders im ausgehenden
Mittelalter – in einigen Ländern auch heute noch Folterungen vorgenommen, um Geständnisse zu erzwingen. Denn
ohne Geständnis konnte die eigentliche Bestrafung – Tod
oder Gefängnis – vollstreckt werden. Sind Folterungen von
außen nicht wahrzunehmen, so sind es öffentliche Hinrichtungen um so deutlicher. Aufhängungen mittels Kränen, auf-
gestellten Galgen oder Baumästen waren und sind gerichtliche Veranstaltungen, die einerseits langjährige, kosteninten-
sive Gefängnisaufenthalte vermieden und vermeiden, andrerseits der ördlichen Bevölkerung eine besondere Unterhal-
tungsmöglichkeit boten und bieten.

Amtlich angesetzte öffentliche wie auch geheime Hinrichtungen konnten noch nie Verbrechen unter der Menschheit
eindämmen oder verhindern.

Was unsere Geschichte betrifft, so bewegen wir uns nach wie
vor im Bereich der Burganlage inmitten der Stadt Brandenburg im Mittelalter.

Nach Aufdeckung und Klärung aller bis dato tatsächlichen
Begebenheiten und Verhältnisse war es im Thronsaal der
Burg zur Verkündung der Urteile gekommen, die nach vor-
heriger Einsichtnahme des Markgrafen endgültige Billigung
gefunden hatten.

Prinzessin Constanze wurde von den beiden Richtern
nicht schuldlos beurteilt, verzichteten aber aufgrund aller
Umstände auf eine Bestrafung, da sie nach ihrer Einlassung
mit dem Junker Detzin und dem vergeblichen Versuch, die

Vaterschaft ihres Sohnes dem angeblichen Thronfolger *Konrad* anzulasten, sich bereits hinlänglich selbst bestraft habe. Als markgräfliche Prinzessin durfte sie, vorerst noch ohne eine staatliche Verantwortung, weiterhin mit ihrem Sohn in der Residenz leben. Gewiss, sie hatte sich Schuld aufgeladen, von den beiden Richtern wurde jedoch beurteilt, Prinzessin Constanze von Rechts wegen nicht besonders bestrafen zu müssen, da sie nach ihrer verbotenen und dann sichtbar gewordenen Liebesbeziehung bereits nachhaltig bestraft worden sei. Dass sie den Thronfolger *Konrad* beschuldigt hatte, beurteilten die Richter nicht. Sie hatten darauf verwiesen, der Thronfolger möge die Sache nach seiner Inthronisierung selbst überdenken.

Constanze hatte das ihr zugestandene Urteil in äußerlich demütig bereuender Haltung, innerlich aber hoch erfreut hingenommen. Es beruhigte sie besonders, nach dem Urteilsspruch als Thronfolgerin nicht mehr infrage zu kommen. Ihr war bewusst, wie bereits weit zuvor erwähnt, für eine Regentin nicht die zu erwartende Persönlichkeit zu sein.

Um so mehr war sie wie alle im Saal davon überrascht worden, dass der angebliche Thronfolger *Konrad* nicht der Vater ihres Kindes hat sein können. Und es verschlug jedermann im Saal die Sprache, als sich der Thronfolger erhob und vor aller Ohren kund tat, endlich von sich geben zu können, kein Anrecht auf den Thron zu haben. Von Geburt an sei sie die Prinzessin Irmgard und somit weiblichen Geschlechts. Sie habe sich nach väterlicher Entscheidung abseits der Öffentlichkeit als Sohn bewegen und verhalten müssen. Von nun an werde sie sich mit dieser Geschlechtslüge nicht mehr befassen, sie sei eine Frau und damit Schluss.

Und es sei ihr gleichgültig, welche Bestrafung sie zu erwarten habe, sie wolle nun, da der Gewalt ihres Vaters entronnen, auch nach außen hin das sein, was sie sei. Und dass sie sich nicht sofort nach der Ankunft hier auf der Burg ihrem Oheim offenbart habe, hätten ihre Ängste vor ihrem Vater verhindert. Aber nun, nach Constanzes gerichtlich festgelegten Zukunft wolle sie nicht länger mit einer Lüge leben.

Es muss nicht geschildert werden, auf welche Art und Weise die Anwesenden im Saal auf die unerwartete Tagesordnung reagiert hatten. Jedermann kann sich das vorstellen, und auch, wie diese Sache den Markgrafen traf. Nachdem er sich beruhigt hatte, ordnete er eine längere Unterbrechung an. Dann begab er sich mit den beiden Rechtsgelehrten und deren jeweils zwei Schreibern im Gefolge in einen Nebenraum, wo sie sich ungestört und ausführlich berieten.

Nach bereits einer Stunde kehrten sie zurück in den Saal, wo einer der beiden Richter, ohne zunächst Platz zu nehmen, umgehend verkündete:

„Im Einvernehmen mit Seiner Königlichen Hoheit verkünde ich die folgende Verfügung entsprechend unserer einvernehmlichen und endgültigen Urteile:

Entgegen seit jeher markgräflicher Bestimmungen lassen wir in diesem speziellen Fall zu, dass Prinzessin Irmgard, wie bisher geplant und vorbereitet, aber unter Ablegung des uns nicht bekannten Titels Baroness, als Regentin der Mark Brandenburg eingesetzt wird, sobald dies von Seiner Königlichen und Kurfürstlichen Hoheit Markgraf Ulrich öffentlich verkündet worden ist. Zugleich sind die Vorbereitungen für die Übernahme des Throns und somit der Herrschaft im Sinne seiner jetzigen Hoheit Markgraf Ulrichs fortzusetzen.

Im Fall ihrer Hoheit Prinzessin (Baroness) Irmgard müsste ein völlig entgegengesetztes Urteil gefällt werden. Es wäre nachzuweisen, dass sie selbst und nicht ihr Vater, Prinz und Baron Adalbert von der Holtenburg, die viele Jahre lange Täuschung zu verantworten habe. Aufgrund der Abgeschiedenheit ihres Lebensbereichs ist es Ihrer Hoheit Irmgard verwehrt gewesen, sich frei und ungestraft ihrer nahen und fernen Umgebung anzuvertrauen und auf ihre Situation aufmerksam machen zu können. Dies konnte sich auch ihre Mutter nicht vornehmen, die ihrem Gatten mit Gehorsam verpflichtet war.

Zusammengefasst gesagt werden wir unsere heutigen Urteile mit Zustimmung des Herrn der Mark Brandenburg weder verwerfen noch ändern. Wir sind überzeugt, dass die Mark mit ihrer Hoheit Irmgard, der mit ihrer späteren Machtübernahme der Titel Markgräfin zuerkannt wird, keinerlei Verlust des Aufschwungs von Wirtschaft, Verteidigung und Wohlergehen des hiesigen Volkes hinnehmen muss."

So weit in kurzen Zügen Situation, Lage und Zukunft der Mark mit ihrer baldigen Herrscherin Irmgard. Dazu ist noch zu sagen, dass Constanze und Irmgard einen Tag nach dieser denkwürdigen Veranstaltung auf der Burg des Markgrafen sich gegenübersetzt hatten und sich nach einem langen Gespräch lebenslange Freundschaft schworen. Hinzugekommen war dann die Mutter Irmgards, glücklich, vorerst noch eine Zeit lang nahe ihrer Mutter sein zu dürfen.

Anzumerken soll noch sein, dass Constanzes unehelicher Sohn später als tüchtiger Kriegsherr für die Sicherheit der Stadt, ja für die ganze Mark Brandenburg verantwortlich zeichnete.

Constanze, seit ihrer Kindheit mit den Gepflogenheiten in der Residenz und unter den maßgeblichen Gefolgsleuten der

Markgräfin und Freundin Irmgard vertraut, war bald dazu ausersehen, sich um alle Versorgungsangelegenheiten in Stadt und Land zu kümmern. Und alles zusammengenommen hatte dann der zukünftige Gemahl Irmgards zu überwachen, der Mann, der für Irmgard erst noch gefunden werden musste. In dieser wohl wichtigsten Angelegenheit kümmerte sich nach nicht langer Zeit Markgraf Ulrich. Diese Sache wusste Irmgard in guten Händen, denn ihr Oheim hätte dann nicht nur das Wohl der Mark im Sinn.

Wie aber verfuhr das Schicksal mit Prinz (Baron) Adalbert, dem Vater der bald zu erwartenden Markgräfin Irmgard von Brandenburg? Und wie verfuhr es mit dem Junker Detzin, der seit Monaten auf die von Adalbert versprochene Belohnung wartete?

Zunächst zum Junker Detzin:

Die von Adalbert gedungenen zwei undurchsichtigen Gauner hatten, bevor sie mit dem Junker zurück Richtung Brandenburg aufbrachen, Detzin mit der Botschaft aufgesucht, der Baron erwarte ihn in einer bestimmten Angelegenheit auf der Holtenburg. Die Belohnung lockte, und Detzin zögerte nicht eine Minute, sich für den Ritt auf die Holtenburg reisefertig zu machen. Unterwegs, am unmittelbaren Rand eines Moorgebietes, durchbohrte der hinter Detzin reitende Krieger mit seinem Spieß den Oberkörper des Ahnungslosen. Detzin richtete sich im Oberkörper kurz und lautlos auf und stürzte dann aus dem Sattel. Die beiden Mordgesellen machten sich nicht die Mühe, ihr Opfer nach Wertgegenständen zu durchsuchen. Sie schnitten ihm nur die Ohren ab und schleppten dann den Körper einige Meter weit bis auf eine der kleinen Moorinseln. Bevor dann das Wasser unter den Grasflächen bedrohlich über ihre Füße zu schwappen begann, entledigten sie sich mit ausholendem Schwung des Ermordeten. Noch eine Weile harrten sie auf nahem, festerem Standort aus, bis der Leichnam ihren Blicken entschwunden war. Vorsichtig auftretend begaben sich dann zurück zu ihren Pferden. Sie wussten, wenn der Moorschlamm erst einmal bis zu ihren Knien reichte, hätten sie es kaum schaffen können, festen Boden zu erreichen. Zuletzt trieben sie mithilfe ihrer Lanzen das sich widerwillig gebärdende Ross des Ermordeten ebenfalls in das Moor und warteten dann unruhig auf festem Grund stehend, bis das stille Moorwasser den Bauch der armen Kreatur erreicht hatte. Noch weit entfernt vom Ort ihrer grausamen Tat hingen in ihren Ohren die Todesschreie des Pferdes.

Zurück auf der Holtenburg empfingen die beiden Mörder die Belohnung Adalberts in Form einiger Goldmünzen. Aber noch bevor die beiden Mörder vom Burghof preschen konnten, ließ Adalbert die Zugbrücke herunterrasseln und befahl zugleich den beiseite stehenden Knechten, die ihn angeblich Bestohlenen und jetzt eiligst Abrittbereiten von ihren Pferden zu zerren und sie kurzerhand zu erschlagen. Nach der Bluttat ordnete er an, die Toten umgehend außerhalb der Burg unter die Erde zu bringen. Die den Getöteten zugesteckten und Augenblicke später wieder abgenommenen Goldmünzen teilte er unter den Knechten auf. Stunden später erinnerten nur noch die Pferde, die nun zum Tierbestand der Burg und der Gutsanlage gehörten, an die Mordtat. Niemand interessierte es, woher die Rosse gekommen waren.

Natürlich vergessen wir nun am Ende nicht den Baron (Prinz) Adalbert von der Holtenburg, der sich inzwischen am

Hofe seines Bruders aufhielt, um sich mit seinem Aufenthalt nach seiner manipulierten Thronfolge in den Gemäuern seines herrschenden Bruders selbst krönen zu wollen. Aber nach nunmehr rund neunzehn Jahren der Vorbereitung war für ihn ein schnelles Ende angesagt. Bruder Ulrich ließ ihn noch während der um einen Tag verlängerten Tagung in Ketten legen und in ein Verlies der Burg stecken, wo er auf Urteil und Bestrafung zu warten hatte.

Ulrich, zugleich tief betrübt, traurig und voller Zorn, blieb, nachdem er den Richtern nochmals volle Handlungs- und Urteilsfreiheit zugestanden hatte, der internen Gerichtsverhandlung fern. Der angeklagte Adalbert war nicht vorgeladen worden. Er erhielt das kurz gefasste Urteil in seinem Verlies von einem der beiden Protokollführer überreicht.

Fern blieb der Markgraf auch der bereits nach zwei Tagen vorgenommenen Hinrichtung seines Bruders. Zuvor hatte er angeordnet, diese in aller Heimlichkeit stattfinden zu lassen. An geheimer Stätte außerhalb von Burg und Stadt hatte der Henker Adalbert den Kopf abgeschlagen. Wieder an anderer Stelle wurden Körper und Kopf verbrannt, die Reste verscharrt. So kam es, dass Prinz und Baron Adalbert sich in keines Untertanen Gedächtnis haftete. Denn Zeit seines Lebens ist er in der Mark ohnehin nur wenigen bekannt gewesen – als er noch eine Jüngling war.

Zu erwähnen sei noch, dass Prinzessin Irmgard und ihrer Mutter das endgültige Schicksal des Vaters und Gemahls verborgen blieb. Überhaupt war allen von der Sache Wissenden dauerhaftes Schweigen auferlegt worden.

Mark Twains Lebenslauf
aufgezeichnet von Antje Leser*

Mark Twain – bürgerlicher Name *Samuel Langhorne Clemens* – wurde am 30. November 1835 in der Kleinstadt Florida im Bundesstaat Missouri geboren. Er kam viel zu früh auf die Welt, winzig und schwächlich, sodass seine Eltern, *Jane Lampton Clemens* und *John Marshall Clemens*, vermuteten, dass der Junge wohl nicht überleben werde. Er blieb am Leben, was abergläubische Gemüter dem in etwa zeitgleich am Sternenhimmel aufgetauchten, angeblich Glück oder Unglück bringenden *Halleyschen Kometen* zuschrieben. Samuel, das sechste von sieben Geschwistern, brachte der Himmelskörper jedenfalls kein Unglück. Er entwickelte sich wie jedes andere gesunde Menschenkind normal und eher robust.

Als Samuel vier Jahre alt geworden war, zog seine Familie in die kleine Stadt Hannibal am Mississippi. Älter werdend, hatte er anscheinend nichts weiter als Flausen im Kopf, war aber nie bösartig; er war eben ein *richtiger* Junge. Oft trieb er sich am Ufer des Stroms herum, fuhr beherzt mit einem Kanu hin und her, rauchte Maiskolbenblätter wie ein mittelloser Sklave und vernachlässigte permanent das Lernen in der Schule, der Stätte, der er ganz und gar nichts abzugewinnen glaubte. Er besuchte sie, weil es eine Verpflichtung war. Viel lieber durchstreifte er die Unterkünfte der Sklaven auf der Farm seines Onkels, wo ihn die Erzählungen der Rechtlosen, geprägt von naturreligiösen Gesetzen und Begebenheiten, ausgehend vom jahrhundertelang gültigem Aberglauben, hellauf begeisterten. Und er erinnerte sich sogar noch als gestandener Schriftsteller an den Dialekt der schwarzen Menschen, mit dem er in seinen Werken manchen Dialog würzte. Die unwürdige Sklaverei stieß bei ihm bereits im Kindesalter auf Unverständnis. Später nahm Sam – so wurde er gerufen – seine Erfahrungen, seine Abenteuer mit in seine Geschichten von Tom Sawyer und Huckleberry Finn.

Als Sam im zwölften Lebensjahr war, geriet seine Familie – aus welchen Gründen auch immer – in nicht aufzuhaltende finanzielle Schwierigkeiten. Letztlich waren sie einem Apotheker dankbar, der sie in seinem Haus aufnahm und anstatt eines Mietzinses die Betreuung des Hauses verlangte. Zuvor hatten Sams Eltern ihre Sklavin Jenny verkauft, um etwas Geld in der Kasse zu haben.

Kaum hatte sich die Familie in des Apothekers Haus eingelebt, da starb Sams Vater. Daraufhin musste Sam die Schule verlassen – als Zwölfjähriger, um mitzuhelfen, die Familie zu ernähren. Bei einer Zeitung erlernte er die Schriftsetzerei, wobei ihm die Aufgabe übertragen wurde, mit den Bleibuchstaben Zeitungsartikel nach ihm vorgelegten Texten entstehen zu lassen. Dieses Handhaben mit Buchstaben, Worten und Sätzen gefiel ihm, fand es nicht eintönig; und auch das Lesen, was ihm, wie auch fehlerfreies Setzen, anfangs einige Mühe kostete, stieß ihn nicht ab. Er hatte nur eine etwas über fünfjährige Schulzeit hinter sich gelassen, eher unwillig als lernfreudig. Aber dann im Zeitungsbetrieb wurde ihm gewahr, dass Schreiben – hier das Setzen – und Lesen ihm besser als gedacht von der Hand ging. Er bekam schnell Freude an der Sprache und ihren Ausdrucksmöglichkeiten. Kein Satz war langweilig verfasst, kein Satz eintönig. Es war ihm bald geläufig, dass jeder Satz in einem Textblock nicht nur dazu beitragen muss, Informationen den Lesern verständlich zu vermitteln, er muss gleichermaßen – in entsprechender Rubrik – an einem guten Unterhaltungswert beteiligt sein. Der bis dato zwar hochintelligente, intuitiv veranlagte und in Sachen Schreiberei lernwillige, aber noch in vielerlei Hinsicht ziemlich ungebildete *Schulabbrecher* Samuel, durfte dann bereits als Sechzehnjähriger selbstverfasste kurze Artikel in der Zeitung *Hannibal Journal* veröffentlichen. Unterstützt wurde die Sache natürlich von Sams älteren Bruder Orion, dem Herausgeber des Journals. Orion Clemens hatte seines Bruders Talent in Sachen Schreib- aber auch Setzkunst schnell erkannt und somit ihn, der keinen schulischen Bildungsweg bis zum Ende gegangen war und keine Berufsausbildung hat beginnen können, zu einem ersten Einkommen verholfen.

Sam war ein zielstrebiger, ehrgeiziger Mann geworden, der seinen Weg ausbauen und ein lukratives Ziel erreichen wollte. Doch welches Ziel? – Ihm schwebte schließlich vor, seine berufliche Aufgabe im Journalismus zu finden. Doch könnte er sich auch ohne Schulzeugnisse, ohne Studium beweisen?

Sam glaubte an sich und seine Fähigkeit, sich nicht nur als Schriftsetzen bewiesen zu haben, sondern sich in absehbarer Zeit als Journalist durchsetzen zu können. Und dieser Glaube veranlasste ihn, zwei Jahre später – er war jetzt achtzehn Jahre alt – Heimat und Hannibal Journal den Rücken zu kehren, um in der Fremde sein Glück zu suchen. Er schlug sich als reisender Schriftsetzer und auch tatsächlich als Journalist durch, war Mitarbeiter – wenn auch nicht von langer Dauer – bei verschiedenen Zeitungen von Philadelphia bis New York. Zugleich verfasste er für seines Bruders

Hannibal Journal Reiseberichte. Mit seinem Einkommen kam er recht gut über die Runden, sodass er in New York die Möglichkeit wahrnahm, sehr oft die Abende in Bibliotheken zu verbringen, um sich auf für ihn wichtigen Gebieten weiterzubilden.

Mit zweiundzwanzig Jahren sah er eine ordentliche Verdienstmöglichkeit, indem er auf einem Mississippidampfer anheuerte, auf dem er als Gehilfe des Steuermanns eingesetzt wurde. Seine Weiterbildung und sein Schreiben vernachlässigte er aber nicht. Seine Tätigkeit auf dem Dampfer sah er als vorübergehend an. Aus vorübergehend wurden knapp vier Jahre Tätigkeit auf dem Strom, von der nur zwei Dinge erwähnenswert sind: Zum einen war er verantwortlich, dass das Schiff nicht mit Untiefen in Berührung kam. So musste er dem Schiffsführer stets in Kenntnis setzen, dass sich ausreichend Wasser unter dem Kiel befand, dass der Strom mindestens drei Meter siebzig Tiefe hatte. Aus der Lotsensprache hieß dann die Meldung *Mark Twain!*, übersetzt: Es sind mindestens zwei Faden Tiefe unter dem Schiffsboden! Das entsprach etwa drei Meter sechzig Tiefe.

1861 wurde nach dem Beginn des Bürgerkrieges der Bootsverkehr auf dem Mississippi eingestellt. Daraufhin meldete er sich und sein Bruder Orion zum Militärdienst in der Südstaatenarmee, die sie bereits wieder nach zwei Wochen heimlich verließen und nach Nevada flohen, wo sie glücklos und nicht von langer Dauer in einer Silbermine arbeiteten. Samuel entfloh sehr bald, da er Klatschgeschichten aus den Saloons an die Öffentlichkeit gebracht hatte, wobei ihm Verleumdung unterstellt wurde. Die Betroffenen sannen über Rache nach. Rache war in ihren Kreisen ein äußerst raues Vorhaben. Von nun an, es war Ende 1862, wollte er nur noch als Journalist tätig sein.

Zunächst arbeitete er als Reporter für den *Territorial Enterprise* in Virginia City und brachte überwiegend Klatschgeschichten aus den Goldgräberstädten unter die Leser. Und was darf dazu nicht unerwähnt bleiben? – Samuel Langhorne Clemens berichtete von nun an nicht mehr unter seinem bürgerlichen Namen, sondern unter dem Pseudonym *Mark Twain,* nach einem der wichtigsten Kommandos ... na ja, Sie wissen schon.

1864, neunundzwanzigjährig, verließ er Virginia City, erreichte San Francisco und schrieb für die dortige Presse. In der kalifornischen Stadt begann Mark Twains unaufhaltbarer Aufstieg zu einem der erfolgreichsten Erzähler US-Amerikas. In San Francisco veröffentlichte in der Zeit von 1864 bis 1865 Charles Henry Webbs Wochenzeitschrift *The Californian* erste Erzählungen Mark Twains, hauptsächlich Kurzgeschichten, wie beispielsweise seine kuriose Erzählung *Der berühmte Springfrosch von Calaveras.* Diese Geschichte, kurios und umwerfend komisch wie viele seiner niedergeschriebenen *Eingebungen,* machte ihn weit über San Franciscos Grenzen bekannt. Das war vielleicht auch der Grund, bald darauf das Angebot entgegenzunehmen, die Sandwichinseln (Hawaii) zu besuchen und dann mit einer umfangreichen Reportage zurückzukommen. Nach einigen Monaten wieder in San Francisco, hatte er bereits während seiner Abwesenheit einen hohen Grad an Berühmtheit erreicht.

Zur Erinnerung: Man muss sich einmal vor Augen halten und fragen, wie es ein junger Mann mit nur fünf bis sechs Jahren einfacher Schulzeit zuwege brachte, bereits mit dreißig eine literarische Weltkarriere zu starten? Nun, die Zeitungsredaktionen, bei denen sich Samuel – später Mark – vorstellte, urteilten nicht nach Herkunft, Ausbildung und Zeugnissen, womit der anscheinend dürftig gebildete Sam auch gar nicht hätte aufwarten können. Die maßgeblichen Redakteure sahen sich, um es kurz zu sagen, Arbeitsproben an, erkannten das Erzähltalent, druckten dessen umwerfende, oftmals haarsträubende Inhalte ab, die ihnen und ihrer Leserschaft auch in ähnlicher Weise noch nie unter die Augen gekommen waren. Da spielte es für sie nicht die geringste Rolle, wenn der junge Mark nicht setzreife Manuskripte vorlegte; denn schließlich musste ja auch das jeweilige Lektorat beschäftigt werden.

In der Zeit zwischen 1867 und 1878 begab sich Mark Twain auf mehrmonatige Lesereisen nach Europa und in den Nahen Osten, wobei er sich als begabter Vortragender und talentierter Schauspieler selbst übertraf. Eine Lesung musste er nicht lernen, es war ihm angeboren und in ihm drin und fest verankert wie seine nie versagende Intuitionen. Seine Aktivitäten während seiner Auslandsaufenthalte brachten ihm zusätzlich viel Geld ein. Dass er nach seiner Rückkehr seine Erlebnisse zu Papier brachte und veröffentlichte, versteht sich von selbst (beispielsweise die Reisebücher *Die Arglosen im Ausland* und *Bummel durch Europa*). Allein in Deutschland hielt er sich monatelang auf, durchstöberte die deutsche Geschichte, genoss die Vielseitigkeit der Landschaften, Burgen und Schlösser, aber auch die deutsche Literatur. Seine nachhaltigen Eindrücke verwertete er intensiv, weil er Deutschland nicht nur regelrecht lieben gelernt, sondern sich auch in kürzester Zeit die deutsche Sprache angeeignet hatte, sondern sich auch oft über sie lustig machte, aber niemals in böswilliger Manier. Es bereitete ihm Vergnügen, später im Kreise seiner englisch sprechenden Bekannten derb zu fluchen, aber nur auf Deutsch, da niemand seiner Bekannten der deutschen Sprache mächtig war.

Während einer Reise im eigenen Land lernte Mark Twain *Charles Langdon*, seinen späteren Schwager kennen. Bei der Gelegenheit zeigte der Mann Mark ein Bild von seiner jüngeren Schwester *Olivia*, in die sich der mittlerweile wohlhabende Twain heftig verliebte. Livy, so wurde Olivia gerufen, gefiel das Liebeswerben des aufstrebenden Schriftstellers, hielt ihn aber auf Distanz.

Mark Twain hatte in Hartford ein Haus gekauft, das eher an ein architektonisch außergewöhnliches Märchenschloss erinnerte. In diesem Haus gestaltete er seine kreativsten und erfolgreichsten Jahre, worauf dann erneut bitterste folgten.

Foto: privat

Mark Twains Wohnhaus in Hartford

167

Nach zwei Jahren gab Livy endlich seinem Werben nach und wurde seine Frau. Das war 1870. Ein Jahr später, Livy hatte inzwischen den kleinen *Langdon Clemens* geboren, übersiedelte die junge Familie von Buffalo nach Hartford, eine Stadt an der US-Ostküste. In Buffalo ist Twain Herausgeber der Tageszeitung *Buffalo Express* gewesen und natürlich ihr wichtigster Autor. In Hartford dann glaubte die Familie in glücklicher Zufriedenheit leben zu können. Doch bald überschattete der Tod ihre Erwartungen: Die Diphtherie beendete Langdons Leben.
erinnerte.

Sie waren nicht von ungefähr nach Hartford gezogen. Die Stadt, die als Verlagshochburg galt, war für etliche Schriftsteller, Schriftstellerinnen und gestaltende Künstler zur Heimat geworden. Dieser kulturellen Gesellschaft hatte sich nun auch die Familie Twain angeschlossen.

In unmittelbarer Nachbarschaft lebte übrigens *Harriet Beecher Stowe*, die Autorin des Romans *Onkel Toms Hütte*. Diese Geschichte von würdeloser Sklaverei und Rassismus war für Mark Twain eine willkommene Bestätigung und Hilfe seiner Ablehnung gegenüber der zutiefst menschenverachtenden Sklaverei. Ja, er bekämpfte sie, wo er nur konnte, hielt sich mit seiner Kritik und seinen Anklagen in Diskussionen, wenn es sich um die Zustände in der Gesellschaft drehte, nie zurück. Sein ganzes Leben lang bestimmte für ihn das Wesen und die Herkunft des Menschen nicht deren Hautfarbe, sondern der Mensch selbst.

Den Schmerz über den Verlust ihres kleinen Sohnes half dem Ehepaar Twain ein verstärkter Arbeitseifer hinweg, wobei die hochgebildete Frau Twain ihren Mann dergestalt behilflich sein konnte, dass sie seine Arbeiten korrigierte wie eine Verlagslektorin und sogar überarbeitete. Hin und wieder habe er, so redete er sich heraus, absichtlich unpassende Sätze und Worte in seine Texte eingebracht, um sie, seine Frau Livy, zu testen. Aber sie fiel nicht darauf herein. Ihr Mark war eben ein Schlitzohr. Im Arbeitszimmer Twains in dem gewaltigen Haus entstanden übrigens u.a. die Werke Tom Sawyer, Huckleberry Finn, Durch Dick und Dünn oder auch Der Prinz und der Bettelknabe. Für die Manuskriptanfertigung seines Buches Leben auf dem Mississippi kaufte und benutzte er eine Schreibmaschine. Somit lieferte er seinem Verlag als einer der ersten Autoren ein Manuskript ab, das mit einer Maschine verfasst worden war. Er war über sich selbst erstaunt, mit solch einem Ding zurecht gekommen zu sein.

Zwischenzeitlich verlief das Leben der Twains bald wieder unter einem helleren Stern. Denn rund zwei Jahre nach Langdons Tod wurden die Twains eine recht lebhafte Familie. Livy (Olivia) Twain gebar die Töchter Susy (1872), Clara (1874) und Jean (1880). Und es schien, als schwimme die Familie Twain im Geld, und so war es auch.

1884 gründete Twain einen eigenen Verlag und gab ihm den Namen The Charles L. Webster Company. Als erste Verlagsveröffentlichung brachte er Huckelberry Finn heraus. Schnell folgte die Biografie über Ulysses S. Grant. Dieser Mann war ein Bürgerkriegsheld, was dann dank Mark Twain schnell auch Unwissende gewahr wurden. Dem Autor brachte die Geschichte einen großen Stapel Geld ein, aber auch wiederholt respektables Ansehen.

Interessant sicherlich, dass Twains Meisterwerk Huckleberry Finn in den amerikanischen Schulen verboten wurde, da Huckleberry angeblich für die Jugend kein gutes Vorbild abgab. Doch die Jugend sah das in einem ganz anderen Licht, sie sah in dem Buchhelden, der das Herz am richtigen Fleck hat, durchaus ein Vorbild. Und selbst der berühmte Ernest Hemingway lobte Autor und Werk über alle Maßen.

Nun hätte Mark Twain in aller Ruhe und Zufriedenheit sein dichterisches Werk mit seinem Ideenreichtum weiterhin vermehren können; aber sein Glaube an die schnell fortschreitenden technischen Erfindungen und daraus entstehenden Möglichkeiten brachten ihm ein finanzielles Fiasko. Twain bemühte sich, es seinem Freund und Erfinder, dem Physiker Nikola Tesla, gleichzutun. Er erfand eine Reihe von Dingen, die sich mit erheblich finanziellem Einsatz für die Menschheit aber nicht realisieren ließen. In wenigen Jahren opferte er große Beträge für die Entwicklung einer Setzmaschine, die letzten Endes nicht den entsprechenden Markt erreichte und ins Vergessen geriet. Was blieb, war Twains finanzieller Ruin. Schulden hatten sich angehäuft, die eine schwindelnde Höhe erreicht haben mussten. Damit das Dilemma zu einem in etwa erreichbaren Zeitpunkt abgelegt werden konnte, verkaufte Mark Twain das schlossähnliche Haus und trat mit seiner Familie eine Lesereise in viele Länder der Welt an; sogar Südafrika, Australien und Indien ließ sie nicht aus. Neben seinen Lesungen betätigte sich Twain als Journalist, schrieb politische und andere kritische Artikel. Neun Jahre verbrachte die Familie Twain in etlichen Teilen der Welt und kehrte 1900 zurück in die USA. Vielleicht waren die verflossenen Jahre in der Fremde keine unglücklichen für die Familie; jedenfalls war Mark Twain schuldenfrei und stieg erneut auf zu einem gutverdienenden Schriftsteller – worauf dann bitterste Jahre folgten; bitterste Jahre, die sich wie folgt offenbarten:

Tochter Susy, die während der Weltreise der Familie zwischenzeitlich, nämlich 1896, Hartford besuchte, erkrankte dort an Hirnhautentzündung und starb daran. Susy wurde vierundzwanzig Jahre alt. Auch nach einigen Jahren konnten Mark und Olivia den Tod Susys nur sehr schwer verwinden, da erlag 1904 Olivia dem Herztod. Fünf weitere Jahre vergingen, da starb Tochter Jean; sie litt unheilbar an der Epilepsie. So blieb von den vier Twains-Kindern nur Clara; sie überlebte ihren Vater.

Mark Twain starb 1910 vierundsiebzigjährig in seinem Haus *Stromfield* in Redding, Connecticut, als höchst erfolgreicher Autor, wohlhabend, aber vereinsamt. Einen Tag nach seinem Ableben zog der Halleysche Komet erneut auf seiner Himmelsbahn, so, wie es Mark Twain 1909, also kurz vor seinem Tod vorhergesagt hatte:

„1835 kam ich auf die Welt, zeitgleich mit dem Kometen Halley. Im nächsten Jahr wird er zurückkehren, und ich darf damit rechnen, mit ihm auch wieder zu verschwinden. Sollte das nicht sein, so wäre es die größte Enttäuschung meines Lebens. Träfe es aber zu, dann mit Sicherheit nach des Allmächtigen Willen: ‚Diese beiden komischen Käuze sind zusammen gekommen, so sollen sie auch gemeinsam wieder verschwinden.'

Mark Twains Autobiografie (Burleske)

Und was wir auch noch zur Hand haben, nämlich Mark Twains Autobiografie, die wir der Leserschaft nicht vorenthalten wollen. Es ist eine von vielen von ihm verfassten skurrilen Geschichten, die seinen Humor offenbaren. Satire und sonstige ungewöhnliche Ereignisse brachte er mühelos aus dem Gedächtnis auf das Papier. Seine Leser erkannten oft sehr spät, dass seine Erzählungen aus der Luft gegriffen waren. Doch gerade das führte dazu, dass nach immer neuen Geschichten von ihm gefiebert wurde. Nun aber verfolgen Sie, liebe Leserinnen und Leser seine autobiografische Aufzeichnung, und seien Sie gespannt, was er von seinen Ahnen und über sich zu berichten hat.

Nachdem zwei oder drei Personen mir bei verschiedenen Gelegenheiten anvertraut haben, dass sie, genügend Muße vorausgesetzt, meine Autobiografie lesen würden, wenn ich denn eine schriebe, so gebe ich diesem wilden öffentlichen Bedürfnis nach und lege hiermit meine Geschichte vor:

Unser Geschlecht ist alt und vornehm und reicht weit in die Vergangenheit zurück. Der erste urkundlich erwähnte Twain war ein Freund der Familie Higgins. Das war im elften Jahrhundert, als unsere Leute in Aberdeen in der englischen Grafschaft Cork lebten. Aus welchem Grund unsere lange Ahnenreihe seither den Namen der mütterlichen Linie trägt (mit Ausnahme der Fälle, wenn sich hin und wieder einer aus Spaß genötigt sah, ein Pseudonym anzuwenden, um eine Dummheit zu vermeiden) und nicht den Namen Higgins, ist ein Rätsel, das zu lösen keiner von uns nie so recht in Angriff nehmen wollte.es ist so eine Art dunkles, aber hübsches Geheimnis und wir lassen es dabei. Alle alten Familien machen das so.

Arthour Twain hatte zur Zeit von William Rufus auf der Landstraße einen gewissen Ruf als Selbständiger. Mit etwa dreißig Jahren begab er sich zu einem dieser schönen alten englischen Urlaubsorte namens Newgate, um sich da um irgendetwas zu kümmern und kehrte nie zurück. Während seines Aufenthaltes starb er plötzlich.

Augustus Twain scheint um das Jahr 1160 herum für eine gewisse Aufregung gesorgt zu haben. Erhatte nur Unsinn im Kopf und griff immer wieder zu seinem alten Säbel, schliff ihn, suchte sich in dunkler Nacht einen geeigneten Ort und steckte den Säbel dann in vorbeikommende Leute, um zu sehen, wie sie sprangen. Er war der geborene Komödiant. Aber er trieb es denn doch zu weit; und als man ihn das erste Mal dabei erwischte, wie er sozusagen als Aureißer hervortrat, machten ihn die Behörden ein Körperteil kürzer, pflanzten dieses auf einen hübschen, gut sichtbaren Platz am Temple Bar, von wo aus es Leute betrachten und sich amüsieren konnten. Nirgendwo ist er je wieder so lange und mit solcher Begeisterung hängen geblieben.

Die nächsten zweihundert Jahre weist der Stammbaum der Familie eine Folge von Soldaten auf – edle, hochgemute Männer, die immer mit einem Lied auf den Lippen in die Schlacht zogen, und zwar hinter der Armee und, wenn diese umkehrte, direkt davor. Dies widerlegt auf schlagende Weise das Bonmot des alten, toten Foissart, der behauptet hatte, der Stammbaum unserer Familie sei der einzige mit nur einem Ast, der noch dazu im rechten Winkel herauswachse und sommers wie winters Früchte trägt.

Im frühen fünfzehnten Jahrhundertfinden wir Beau Twain, genannt der Gelehrte. Er hatte eine wunder-, wunderschöne Handschrift. Und er konnte jedermanns Handschrift derart perfekt nachahmen, dass sich nicht wenige darüber buchstäblich totgelacht haben. Sein Talent bereitete ihm unendlich viel Spaß. Nach einer gewissen Zeit verdingte er sich jedoch in einem Steinbruch, und die harte körperliche Arbeit machte seine Hand unbrauchbar.

Dennoch, er hatte jedes Mal Freude an seiner Betätigung im Geschäft mit Steinen, die sich – mit geringfügigen Unterbrechungen – über zweiundvierzig Jahre erstreckte. Erst der Tod nahm ihm den Meißel aus der Hand. Über all die Jahre bot er derart überzeugende Leistungen, sodass ihm die Regierung schon einen neuen Vertrag gab, kaum dass der alte eine Woche abgelaufen war. Man konnte sich einfach hundertprozentig auf ihn verlassen. Auch bei seinen Künstlerkollegen war er äußerst beliebt, war er doch ein herausragendes Mitglied ihrer wohltätigen Geheimgesellschaft namens Die Knastbrüder. Er trug sein Haar immer kurz, hatte ein Faible für gestreifte Kleidung. Sein Tod wurde von seiten der Regierung tief betrauert, war er doch ein schwerer Verlust für das Land, denn er war so zuverlässig gewesen.

Ein paar Jahre später hören wir von dem berühmten John Morgan Twain. Er kam 1492 mit Kolumbus hierher, und zwar als Passagier. Er scheint ein knorriger, unangenehmer Patron gewesen zu sein. Während der gesamten Überfahrt beschwerte er sich über das Essen und drohte ständig damit, an Land zu gehen, wenn sich daran nichts ändern sollte. Er wollte stets frische Alsen. Kaum ein Tag verging, ohne dass er über das Deck stolzierte, die Nase in den Himmel reckte und über den Kommandanten schimpfte. Er glaube nicht, dass Kolumbus wisse, wo er eigentlich hin wolle und dass er dort auch noch nie gewesen sei. Der denkwürdige Ruf Land in Sicht sorgte bei allen an Bord für größte Aufregung, außer bei ihm. Er starrte eine Weile durch ein Stück angerußtes Glas auf die dünne Küstenlinie, die sich in der Ferne aus dem Wasser hob und sagte dann: „Land? – Blödsinn, das ist ein Floß".

Als dieser fragwürdige Passagier an Bord des Schiffes kam, brachte er nichts mit als eine alte Zeitung, darin ein Taschentuch, auf dem B.G. eingestickt war, eine Baumwollsocke mit den Initialen L.W.C., eine Wollsocke mit den Initialen D.F. und ein Nachthemd mit den Initialen O.M.R. Trotzdem war er während der Seereise immer besorgt um seinen Koffer, und er veranstaltete darüber ein größeres Getue als alle Passagiere zusammen.

Wenn das Schiff über den Bug kippte, und man dagegensteuern musste, ging er los und schaffte seinen Koffer weiter nach achtern, um zu sehen, was passierte. Wenn das Schiff über das Heck kippte, schlug er Kolumbus vor, geeignete Männer damit zu beauftragen, doch das Gepäck umzulagern. Kam ein Sturm auf, so wurde er geknebelt, denn sein Gejammer wegen des Koffers machte es für die Männer unmöglich, die Befehle zu hören. Der Mann scheint nicht wegen irgendwelcher größerer Untaten in Schwierigkeiten gekommen zu sein, aber das Logbuch hält als eigenartigen Umstand fest, dass er, obwohl er sein Gepäck lediglich in eine Zeitung eingewickelt an Bord gebracht hatte, das Schiff mit vier Koffern, einer Luxus-Truhe und mehreren Körben mit

Champagner verließ. Als er aber zurückkam und in dreistem, anmaßendem Ton reklamierte, dass ihm einige seiner Dinge abgingen und er jetzt die Gepäckstücke der anderen Passagiere durchsuchen werde, da war das Maß voll und sie warfen ihn über Bord. Man wartete lange und neugierig darauf, dass er wieder auftauchen würde, aber nicht eine einzige Luftblase stieg aus der abebbenden See herauf. Während nun alle damit beschäftigt waren, über die Reling zu starren und das Interesse an der Aktion augenblicklich wuchs, stellte man verblüfft fest, dass das Schiff davontrieb und die Ankerkette lose vom Bug hing. Im vergilbten alten Logbuch des Schiffes lesen wir die kuriose Eintragung:

Nach einer geraumen Zeit gewahrte man, dass selbiger unangenehmer Passagier untergetaucht war, sich des Ankers bemächtigt und ihn den vermaledeiten Wilden unter Deck verkauft hatte, indem selbiger behauptete, er habe ihn gefunden – selbige Drecksau!

Dennoch: Dieser Vorfahre verfügte über gute und edle Instinkte, und nicht ohne Stolz möchten wir anmerken, dass er der erste Weiße war, der Interesse daran zeigte, unsere Indianer auf eine höhere Stufe zu stellen und zu zivilisieren. Er errichtete ein geräumiges Gefängnis, stellte einen Galgen auf, und bis zu seinem Tode stellte er immer wieder mit Befriedigung fest, dass seine Anstrengungen mehr zu ihrer Zurückhaltung und Höherstellung beigetragen hätten, als die jedes anderen Reformers, der sich mit ihnen geplagt hätte. An dieser Stelle wird die Chronik weniger deutlich und redselig und bricht abrupt mit der Feststellung ab, dass der alte Seemann sehen wollte, wie sein Galgen bei der Hinrichtung des ersten Weißen in Amerika funktionierte, er dabei aber solch schwere Verletzungen erlitt, dass er daran starb.

Der Urenkel des Reformers stand im Jahre sechszehnhundertnochwas auf dem Höhepunkt seiner Karriere. Unsere Annalen kennen ihn unter dem Namen der alte Admiral, obwohl er in der Geschichte unter anderen Titeln firmiert. Er führte lange Zeit das Kommando über eine Flotte wendiger, gut bewaffneter und bemannter Schiffe und leistete wertvolle Dienste bei der Jagd auf Handelsschiffe, die er verfolgte und auf die er sein Adlerauge gerichtet hielt. Sie kamen auf dem Ozean immer flott voran. Wenn aber ein Schiff trotz all seiner Anstrengungen herumtrödelte, wuchs seine Unzufriedenheit, bis er nicht mehr an sich halten konnte. Dann schleppte er das Schiff in seine Heimat, bewchte es dort gut und erwartete eigentlich, dass die Besitzer es abholen würden, aber das passierte nie. Er bemühte sich sogar darum, die Besatzung vor Müßiggang zu bewahren und ihr die Langeweile zu vertreiben, indem er sie veranlasste, gesundheitsfördernde sportliche Aktivitäten auszuüben und ein Bad zu nehmen. Er nannte das über die Planke gehen. Allen Schülern gefiel das. Jedenfalls hat sich hinterher nie einer darüber beklagt. Wenn nun die eigentlichen Besitzer der Schiffe nicht abholen kamen, so zündete er die Schiffe an, damit die Besitzer wenigstens ihre Versicherungsleistungen bekamen. Schließlich aber wurde der Lebensfaden dieses noblen Seemanns in der Fülle seiner Jahre und auf dem Höhepunkt seines Ruhms abgeschnitten. Seine arme, gebrochene Witwe sollte bis zu ihrem eigenen Tode glauben, dass man ihren Mann hätte wiederbeleben können, wäre der Faden fünfzehn Minuten eher abgeschnitten worden.

Charles Henry Twain lebte im späten siebzehnten Jahrhundert und war ein eifriger und ausgezeichneter Missionar. Er bekehrte sechzehntausend Südseeinsulaner und brachte ihnen bei, dass eine Halskette aus Hundezähnen und eine Brille nicht als angemessene Kleidung für den Besuch eines Gottesdienstes ausreichten. Seine armen Schäfchen liebten ihn von ganzem Herzen, und nach seiner Totenfeier standen sie alle zusammen auf und sagten zueinander mit Tränen in den Augen, dass er ein guter und zarter Missionar gewesen sei und sie gern noch mehr von ihm gehabt hätten.

PAH-GO-TO-WAH-WAH-PUKKETEKEEWIS (Großer Jäger mit Schweinsauge) TWAIN war die Zierde der Mitte des achtzehnten Jahrhunderts und unterstüctzte aus vollem Herzen General Braddock in seinem Kampf gegen den Unterdrücker Washington. Es war dieser Vorfahre, der aus seinem Versteck hinter einem Baum aus siebzehn Mal auf Washington schoss. Soweit ist diese wundervolle romantische Erzählung aus den Lesebüchern korrekt; aber wenn es dann in der Erzählung weiter heißt, dass der überwältigte Wilde feierlich verkündet habe, dass der Große Geist diesen Mann für eine große Aufgabe ausgewählt habe, dann verdreht sie doch die historischen Tatsachen. In Wirklichkeit hat er nämlich Folgendes gesagt:

„Das hat doch gar kein' (hick), gar kein' Schinn. Der Mann ist ja besoff'n, dass er nich' ma' still stehen kann, damit ihn einer trifft. Ich (hick) kanns mir doch gar nich' leis'en, noch mehr Munision für den zu verschwen'."

Deshalb hat er nach dem siebzehnten Schuss aufgehört, und das war doch eine recht pragmatische Lösung, noch dazu eine, die sich uns aufgrund der beredten, überzeugenden Aura von Wahrscheinlichkeit aufdrängt, die sie umgibt.

Mir hat diese Lesebuchgeschichte immer gefallen, aber ich hatte immer ein gewisses Unbehagen dabei, dass jeder

Indianer bei Braddocks Niederlage, der ein paar Mal (aus zwei Mal wird in der Geschichte schnell siebzehn Mal) auf einen Soldaten geschossen und ihn nicht getroffen hat, zu dem Schluss gekommen sein musste, der Große Geist habe diesen Soldaten für eine besondere Mission auserwählt; und so hatte ich irgendwie den Verdacht, dass der einzige Grund, warum man sich an den Fall Washingtons erinnert und den der anderen Soldaten nicht, der ist, dass sich bei ihm die Prophezeiung erfüllte und bei den anderen nicht. Kein Buch auf der Welt wäre dick genug, um all die Prophezeiungen aufzunehmen, die Indianer und andere unberechtigte Personen gemacht haben; aber die Aufzeichnungen über jene Prophezeiungen, die in Erfüllung gegangen sind, könnte man bequem in seiner Manteltasche herumtragen.

Ich möchte an dieser Stelle nur nebenbei erwähnen, dass gewisse Vorfahren meiner selbst in der Geschichte unter ihren Pseudonymen dermaßen bekannt geworden sind, dass ich es gar nicht für notwendig halte, mich bei ihnen aufzuhalten oder sie auch nur in chronologischer Reihenfolge aufzulisten. Dazu ließen sich zählen RICHARD BRINSLEY TWAIN, alias Guy Fawkes; JOHN WENTWORTH TWAIN, alias Sixteen-String Jack; WILLIAM HOGARTH TWAIN, alias Jack Sheppard; ANASIAS TWAIN, alias Baron Münchhausen; JOHN GEORGE TWAIN, alias Captain Kydd; und dann wären da noch George Francis Train, Tom Pepper, Nebukadnezar und Baalams Esel – sie alle gehören zwar zu unserer Familie, jedoch zu einem von der edlen Hauptlinie etwas weiter entfernten Zweig, oder, um genau zu sein, einem Seitenzweig, dessen Mitglieder sich vom altehrwürdigen Stamm hauptsächlich dadurch unterscheiden, dass sie sich, um den Grad an trauriger Berühmtheit zu erlangen, nach dem wir uns schon immer verzehrt haben, lieber nur ins Gefängnis werfen anstatt sich gleich aufhängen ließen.

Wenn man seine Autobiografie schreibt, dann ist es unangemessen, seine Ahnenreihe zu nahe an seine eigene Zeit heran zu verfolgen – man ist auf der sicheren Seite, wenn man nur andeutungsweise von seinem Urgroßvater spricht und dann gleich zu sich selber springt, was ich jetzt tun werde.

Ich kam ohne Zähne auf die Welt – und da hatte Richard III. mir gegenüber einen Vorteil; aber ich kam ohne Buckel auf die Welt, und da habe ich nun einen Vorteil ihm gegenüber.

Meine Eltern waren weder besonders arm noch besonders ehrlich ...

Da kommt mir allerdings ein Gedanke. Meine eigene Geschichte wäre im Vergleich zu meinen Ahnen wohl zu fade, sodass ich sie klugerweise ungeschrieben lasse, bis man mich aufhängt. Wenn einige der anderen Biografien, die ich gelesen habe, mit der Ahnenreihe an dem Punkt aufgehört hätten, an dem sich ein solches Ereignis eingestellt hätte, dann wäre der lesenden Öffentlichkeit viel erspart geblieben. Meinen Sie nicht ...?

Mark Twain